丸戸史明

插畫／深崎暮人

Kadokawa Fantastic Novels

彩頁／內文插畫：深崎暮人

Content

\新生/
blessing software
成員名冊

製作人

企劃、副總監、第一女主角

企劃、總監、劇本

音樂

原畫、ＣＧ上色

Saenai heroine no sodate-kata. Girls Side 2

這篇**序章**請接在**第八集終章後**閱讀

「哎～～說起來，那場發表會還真猛。」

即使在電車裡也能聽清楚，而且勉強不至於對車廂內乘客造成困擾的活潑嗓音……哎，總之電車上有說話聲如此響起。

「看到那一幕，會實際感受到小澤村真的變成離我們很遙遠的人了耶～～真不敢相信那個女生到去年還跟我們在同一個社團製作遊戲。」

五月中旬，放完連假後隔週的星期日晚上。

在比平日空曠許多的車廂裡自顧自地說個不停的，是個大約高中生年紀的女孩子。

她的個子以女生而言格外高，修長身軀輕鬆地將吉他盒拎起，微捲的短髮搖曳生姿，還比手劃腳地朝著眼前的兩個朋友談了許許多多想法。

可是……

「對啊。」

「她真的很厲害。」

「唔……」

面對眼前兩個朋友太過淡薄、隨便，或者說心不在焉的反應，那開朗的語氣難免逐漸萎縮。

她搔了搔自己比另外兩人高一截的腦袋，並且困擾地仰望車頂，狀似思索著什麼……

「妳們兩個都怎麼了啦～～！別擺那種小家子氣的臉色，我們一起為更上層樓的伙伴高興不就好了～～」

然而她不擅長思考，因此想到什麼都會在第一時間洩漏出來。

那樣的她，是個直率的體育派音樂人。

擁有女子樂團主唱兼吉他手的傲人現充頭銜，卻又同時兼任同人美少女遊戲ＢＧＭ製作這種宅味十足的職務，執掌配樂的天之驕女。

冰堂美智留，就讀於縣立椿姬女子高中三年級，隸屬女子樂團「icy tail」以及遊戲製作社團「blessing software」。

「可是，我從來就沒有經歷過和澤村學姊隸屬同一個社團的時期。」

「唔……」

於是，反應淡薄的兩人當中，有個人似乎下定決心向美智留頂嘴了。

「再說，那張主視覺圖像厲害歸厲害……不對，就是因為確實很厲害，我才不能傻傻地單純放空腦袋為她高興啊。」

「要反駁可以啦，但妳也不必老是順便嗆我吧，小波島？」

和高挑的美智留相比，身高大約矮了一個頭，某個部位卻比美智留（先聲明，不是肚子）、更有份量，綁成兩束的頭髮垂在肩膀，舉止和眼神都秀氣得像小動物一樣的女生，有些鬧脾氣似的抬頭看過來。

「澤村學姊過去是我們社團的招牌繪師耶。那樣的她要是越來越有名，還變成受歡迎的插畫家，妳覺得會怎麼樣？」

「啊～～對喔，走紅確實也是讓樂團踏上絕路的第一步～～隨著財運和名聲變旺、沉溺於男人或毒品，之後身心都會變得殘破不堪，養成在網路上跟人叫罵的壞習慣後開始到谷底。接下來只好割腕賣房子下海賺皮肉錢，最後就大量嗑藥……」

「妳那個圈子的事情怎樣都好！我講的是澤村學姊對我們社團的影響啦！」

「原來妳吐槽的是這一點，我那個圈子就怎樣都好啊……」

「呃，因為前招牌繪師紅了以後，會受到比較的可是我喔。」

一邊自然地用輕率言行樹敵，一邊又能靠可愛外表與動作將敵人一併擄獲的她，是個努力才華型的插畫家。

波島出海，從今年起就讀於豐之崎學園一年級，而且在遊戲製作社團「blessing software」的前招牌繪師紅了以後不幸受到比較的新招牌繪師。

「假如大家都認為『反正柏木英理已經跳槽了』，就不再關注『blessing software』做的遊戲要怎麼辦……美智留學姊，難道妳不曉得人氣繪師走掉以後，新作銷量就變得慘不忍睹的遊戲廠商有何末路嗎？」

「不、不會啦～妳就是為了避免讓社團變成那樣才加入的嘛！怎麼可以怕她呢？」

其實呢，就算招牌繪師跳槽，靠著老闆的幹練手腕，或者換個畫師接連推出以往叫座的作品續篇，或者找來遞補的繪師正好具備疑似抄○前作原畫家的畫風，因而設法度過危機的遊戲廠商仍不勝枚舉，但美智留並非圈內人就不會了解那些，只有一邊吃驚一邊安撫對方一途。

真的，每間廠商都堅忍地絞盡腦汁在努力，由衷希望各位消費者能用溫馨長遠的眼光予

懷。

「再說被小澤村的圖吸引而成為我們社團粉絲的那些人，又不至於全部跟著她走。只

單飛出道的非主流地下樂團也一樣啊，還是有人會覺得『距離變得好遠喔～～』而忽然

後照樣支持主唱跑掉的那個樂團……」

「聽妳的說法，我覺得對那個地下樂團失去興趣而不向任何一邊靠攏的聽眾會

是了，妳認為呢？」

「不不不，只有在網路上把事情鬧大的老粉絲會那樣。妳要重視沉默多數啦

小波島～～」

以統計數字來說，實際上沉默多數幾乎都會追隨主流出道的主唱，由於她倆並沒有論及這

一點，議論也就成了漫長無交集的平行線。

「惠學姊，請妳也說一說她嘛。」

「小加藤，妳也講點話啦～」

結果，爭來爭去還是無法相互理解，感情似好實壞的兩個人就像恭請判官裁決那樣地向另一個女生求助了。

不過……

「……惠學姊？」

「……小加藤？」

「咦？什麼事？抱歉，我沒聽清楚耶。」

「…………」

「…………」

那樣的她，反應卻像戀愛喜劇輕小說的耳背糟糕男主角一樣散漫，二話不說就打斷兩個朋友的深切疑問，因此很遺憾地全案並沒有就此了結。

「啊，我不是聽不清楚，而是發呆沒有聽進去。呃，剛才提到發表會很猛對不對？」

「要倒回那麼前面啊……」

「小加藤，妳從剛才就怪怪的耶。」

「……萬分抱歉。」

用小得快要聽不見的聲音向兩人賠罪的，是身高和某個部位的份量都剛好位於兩者中間，身材標準……不，身材勻稱；髮型並沒有多起眼……不，髮型滿適合留鮑伯短髮的女生。

乍看下，她非常適合用「感覺隨處可見的可愛女生」這種難以評斷有沒有矛盾的詞句來形容，身上蘊含著彷彿每天當小菜吃（並無性暗示）也不會厭倦的樸素魅力。

像這樣在各方面大約都比均標高五～十分的她，名字叫……不對，目前她發呆的理由有更高的即時重要性故姓名容後再稟。請見諒。

那麼，在她的視線前方，可看見電車在不知不覺中停靠的車站月台。

還可看見應該是在等待反方向班次的兩道女性背影。

而且，儘管其中一道背影從身高來看已經埋沒於人群，綁成兩束的金髮卻格外醒目，勾住了她的目光及心思。

※　※　※

「他們有沒有看活動轉播呢？……有沒有看見我畫的主視覺圖呢？」

「倫理同學說過，他會和社團的所有成員一起看轉播。」

「是喔，這樣啊……不曉得倫也還有惠看了高不高興。」

「…………」

「……怎樣？妳幹嘛擺那種『受不了這個窩囊金髮雙馬尾』的藐視眼神和態度？」

「澤村，既然妳對我目前的心境掌握得如此精準，我希望妳也能想通原因是什麼。」

「啥？妳說什麼？抱歉，我沒聽清楚耶。」

兩人和睦地並肩站在車站月台上談話，不料音量卻被對向月台車輛到站的聲響蓋過，另一個既耳背又糟糕的主角就此誕生了。

「沒事，沒聽見也好，窩囊的金髮雙馬尾小姐。」

「才不好，一點都不好，我完全不認同妳撂下的那句話！」

先不管那些，氣氛險惡地（已訂正）並肩站在車站月台上談話的兩人，絲毫沒發現剛才話題中聊到的人就搭乘在剛才從背後進站的電車上，更沒有料到她們幾個也熱烈談論著同樣的話題。

寰域編年紀20th Anniversary——

如標題所示，那是身為家用電玩遊戲大廠商的馬爾茲栽培了二十年之久的人氣ＲＰＧ系列作《寰域編年紀》的紀念活動。

而在會場後方的招待席當中，低調地坐得比那更後面的她們兩人，則是活動最後盛大發表的新作《寰域編年紀XIII》裡，被提拔為主要製作班底的兩個灰姑娘。

「總之，消息這麼浩浩蕩蕩地發表出去了，我們已經沒有退路嘍。」

第一個灰姑娘負責的是劇本。

稍有弧度的烏黑長髮；胸口一帶強烈表現出自我的體態；平時言行與其喻為灰姑娘，還更像白雪公主……故事中那個巫婆的厚黑型美女。

本職為輕小說作家，出道作《戀愛節拍器》及第二部作品《純情百帕》接連熱銷的當紅文字工作者，霞詩子。

另一項本職則為剛考進早應大學文學系的女大學生。

還有，如果放眼過去，原本她到今年三月為止都是就讀於豐之崎學園的女高中生。

還有還有，她更是遊戲製作社團「blessing software」的前任劇本負責人，霞之丘詩羽。

「退路早在我們接下這份工作時就沒了。」

第二個灰姑娘負責的是角色設計／原畫。

綁成雙馬尾有如工藝品的金髮；整體而言算平胸……體態較為含蓄；平時言行與其喻為灰姑娘，還更有其姊之風的小角色型美少女。

本職為同人作家，一再順著作品風潮推出十八禁同人誌大賺特賺的人氣插畫家，社團「egoistic lily」代表，柏木英理。

還有，她也是豐之崎學園的三年級學生，兼遊戲製作社團「blessing software」的前任原畫負責人，澤村．史賓瑟．英梨梨。

「假如妳那麼想，就不要讓心思沉溺於倫理同學或加藤的人際關係，盡力做好自己能做的事不就行了？」

「我才沒有沉溺！人際往來是社會上必備的技能！不要把我想得和妳這種無法跟任何人溝通的人格障礙者一樣！」

「與其當個人際關係經營得徒具表象又動不動就背叛對方的人際關係毀滅者，當落單族更能讓彼此都幸福喔。」

「才沒有毀滅！我會實實在在地跟惠和好！我約好下次要跟她見面就是證據！」

「可以想見的是妳們那個約定只會因為今天的發表會而無限延期，虧妳還能自信滿滿地像那樣放話。這位自私的千金大小姐究竟有多不識相呢？」

「才不會延期！因為我們講好要一直當好朋友的！」

「啊～～好好好，我明白了。我有十足把握，妳們兩個的友情絕對會再度毀滅，不過現在就賣個面子給妳好了。」

「妳的態度和舉止哪有賣面子給我！欸，別擺那種同情的目光。別疼愛似的摸我的頭，不、不行，要是妳再那樣對我……才不是妳說的那樣啦～～惠絕對會體諒我的啦～～」

※　※　※

「惠學姊，請妳也說一說她嘛。」

「小加藤，妳也講點話啦～～」

從身旁傳來的那兩道說話聲，並沒有傳進她的耳朵。

因為目前占據她的意識的，是另外兩人在對向月台無從聽見的對話，而非眼前兩人的對話。

那樣的她，正是被出海與英梨梨喚為「惠」，美智留和詩羽則用「加藤」來稱呼的女孩子。

加藤惠，就讀於豐之崎學園三年級，遊戲製作社團「blessing software」的第一女主角。

還有，儘管頭銜浮誇又不具意義，但她其實是比任何人都希望將社團維繫下去，而且始終拚命付出的幕後功臣。

「……惠學姊？」

「小加藤？」

然而，當下她注視著那兩個近在眼前，看似在吵架，也看似在嬉鬧的「前」社團成員，眼神卻顯得……

呃，她倒沒有露出悽慘笑容說：「是我就會諒解的……啊哈哈……啊哈哈哈哈哈。」

即使如此，依然能從中窺見還算感傷，且還算深厚的情緒。

第八・三話　來自好色女角的愛

五月中旬的星期六。

初夏令人稍稍發汗的暖意灑落而下，這裡是在本作中為大家熟知的秋葉原。

……從秋葉原搭總武線過一站，位於步行十分鐘可達範圍內的御茶水。

捧著吉他盒出現在這座以樂器聞名的城鎮，而且身影完全融入街景的，是「blessing software」唯一（或者唯二）的戶外活動派成員，冰堂美智留。

身為「blessing software」唯一（這部分可以肯定是唯一）玩樂團的女生，她才剛結束每月一次的樂器店快樂行，手裡拿著一直巴望的新吉他……絃，並匆匆地沿著車站前的下坡路朝神保町方向而去。

「啊～～肚子餓了～～」

時間是正午過一會兒以後。

美智留從早上就絲毫未進食……沒這回事，她有吃早餐還額外添飯，然而胃袋卻在補給充分的狀態下咕嚕咕嚕響了起來，不，正因為之前補給充分才會顯露對下一頓飯的渴望，還飢腸轆轆

「要比的話，一邊看電視或讀書又一邊吃東西才對消化更不好吧。」

「話雖如此，就算陪妳來的不是男朋友（倫理同學），妳對人的態度會不會太馬虎了些？」

「假如是跟男生（阿倫）一起來，當然就可以一會兒聊天，一會兒搶彼此的菜，並且開開心心地慢慢吃啊～～」

「……唔。」

舌戰得到的反應和平時不堪（英梨梨）一擊的對手差異太大，讓詩羽瞪了眼前的高挑短髮美女，接著她依依不捨地將讀到一半的書闔起收到包包裡，開始小口小口地享用沙拉。

「咖哩要趁熱吃比較好喔。」

「看過妳的吃相，我總覺得沒有食慾了。」

「不吃就分給我嘍，我有一點吃得還不過癮的感覺～～」

「請便。」

「嘿嘿～～那我不客氣了～～」

於是，詩羽傻眼看著美智留興高采烈地將湯匙伸進自己的盤裡，這才規規矩矩地跟眼前的伴對話。

「為什麼妳吃得那麼多，卻不會肥啊？」

「我才想問學姊呢，為什麼都不吃飯還可以那麼有料……」

美智留說著就用湯匙指了詩羽的胸口一帶。

接著，詩羽這邊似乎認為對此多做討論也沒有助益，一臉不悅地拿起杯子就口以後，便開始在嘴裡含弄冰塊。

「……所以，大家在社團過得還好嗎？」

等詩羽下次開口講話，已經是美智留將她的咖哩吃掉一半左右以後的事了。

……哎，話雖如此，其間所需要的時間也不過三分鐘。

「當然嘍！新作的劇情大綱定案了，又有新成員（波島的哥哥）加入，小加藤也變得越來越黑，大家都很有鬥志喔～～」

「是、是嗎，那太好……」

「……聽我說社團變成這樣，學姊真的會信？」

「……唔。」

在美智留的語氣和態度頓時降溫的瞬間，那種寒意讓詩羽忍不住咬碎嘴裡的冰塊。

畢竟，就連詩羽都不可能相信，他還有她們看了「那張圖」以後會直率地感動、予以支持或受到啟發。

英梨梨的那種天才性、藝術性……

再加上她隸屬「blessing software」時沒能發揮出來的強大成果，社團眾人目睹那一切，八成會體悟到自身能力不足……還有之前與英梨梨共事有多麼不協調，這是可以輕易想像到的心理。

「我反而想問學姊，小澤村過得好嗎？」

「那種事情，妳去問跟澤村同班的倫理同學就行了吧。為什麼要把我當成她的監護人？」

「因為實際上不就是那樣嗎？」

「…………」

詩羽一邊在口中感受咬碎的冰有多冷，一邊則帶著稍微意外的臉色，凝視眼前這個在平時極度粗神經的體育派樂團女生的表情。

美智留臉上浮現了有違其本色，而且摻雜著不滿與擔心的曖昧表情。

「那小澤村她對我們社團的人做了什麼好事，學姊應該懂吧？」

……換句話說，就是為人著想的女性臉孔。

「真意外。」

「意外什麼？」

「我原本以為，妳屬於不會像這樣察言觀色的類型。」

「啊～～也對，學姊想的沒錯喔。我對其他人在想什麼不太感興趣，而且也算不上敏銳。」

「那麼，妳為什麼要問這些？」

「畢竟阿倫又不是外人，他跟我是家人嘛。」

「……妳能毫不害羞地當著別人面前講這種話，確實是不懂察言觀色。」

於是，在美智留露出那樣的表情與言行以後，詩羽似乎受到了牽引，臉色也逐漸變得和對方一樣微妙。

「我對於學姊脫離社團並沒有怨言喔。倒不如說，紅到像妳們那樣還參加阿倫的社團才反常呢。」

「沒那回事……」

「可是啊，妳們都已經走了，到現在還一直對社團找麻煩就不對了吧～～？」

接著，她那微妙的表情又添了一分苦澀。

「妳哪有立場那樣說我……」

「有喔，這還用說。」

「唔……」

瞬時間，兩人所坐的座位發出了碰撞聲響。

「阿倫可是我的小弟耶，以前每年回鄉下玩的時候，也都是我在保護他不被當地那些壞小孩欺負。」

「……唔～」

桌子更斷斷續續地隨著碰撞聲晃了起來。

不用說，原因出在卯足力氣抖腿的詩羽身上。

「所以嘍，學姊？就算是妳，也不准欺負阿倫。」

因為美智留那種既不害臊又不猶豫的狂妄口氣讓她發火了。

因為和某個山寨版青梅竹馬的戲言相比較，她實在無法容忍將名為家人、名為表親的保護傘運用到極致，然後將立場正當化的手法。

「…………倫理同學也是我的學弟喔。」

「學弟和小弟一比，感覺就挺疏遠的耶。」

「小弟的稱呼比學弟更具支配以及威迫性，感受不到愛情。」

詩羽緊接著又想借題發揮：「何況學弟的讀音跟交配相通。」不過因為怕論點失焦就沒有說出口。

「可是上下關係像那樣分清楚，碰到阿倫在緊要關頭變堅強讓關係顛倒過來的時候，不是更容易讓心頭發熱嗎？妳想嘛，以前我在山上迷路……」

「怎、怎樣？冰堂，原來妳有那樣的慾望？以往百依百順的倫理同學突然發火反過來將妳推倒說：『好了，在這裡妳再怎麼叫也不會有人來救你喔。接下來我要在妳的身體烙印……烙下讓妳一輩子都忘不掉的傷痕！』然後就強行掰開入侵……啊，不要，可是，可是……！」

「……學姊，妳升大學以後是不是越來越變態了？」

「果然不應該答應陪妳吃飯的……我非常非常非常不滿。」

結果，被美智留激怒的詩羽突然恢復食慾，就把一度交給對方的咖哩餐盤搶回來，然後一口氣將剩下的那一半咖哩清光了。

「哎，激學姊吃飯還聊到吵起來是我不好……不過，妳也要替我們社團著想啦。」

「那部分我也有錯……應該說澤村也有錯失，所以不能怪妳。」

「那妳幹嘛跟我吵……」

「要說的話，我看不順眼的是妳頂著過去和倫理同學一起成長的光環，還表現得高高在上的態度。」

「學姊～～可是對妳來說，聽小澤村提那些可以賣弄的事蹟應該早就習慣了吧？」

「澤村沒關係。反正她一下子就會中激將法然後自己給自己難看，我完全不在意。」

「……喔～～算了，沒事。」

若要進一步補充，英梨梨至今仍對自己和「青梅竹馬」一度分離的關係懷有自卑心結。

缺乏信念的羈絆是充滿破綻又脆弱的……

而且，性情彆扭的戀愛作家霞詩子最愛那一味。

「妳就算被挑釁也一點都不為所動，講什麼都像對牛彈琴。」

「沒辦法嘛～誰教我和阿倫是一家人。」

「我就是不滿妳那一點……四等親就是這樣。只不過能結婚就這麼囂張！」

「這個發飆的理由太偏門，我跟不上學姊的想法啦……」

然而要像美智留這樣，不僅對血緣關係毫無心結，還深信那就是自己的優勢，在心靈層面上好比完全沒有對劇情下過工夫的成○遊戲女主角，就再也沒有人比她更能搗亂霞詩子創作世界的風紀了。

「唉唷，把妳留在倫理同學身邊太危險了。果然那時候就算霸王硬上弓也要將他……」

順帶一提，詩羽可以想到的「那時候」實在多到沒辦法過濾出其中一次，代表那些機會全都被她錯失了，在這層意義上，其實她的心靈層面和英梨梨一樣，都歸屬於霞詩子筆下盛產的性情彆扭又膽小的女主角。

「妳想太多了啦，學姊。雖然說，阿倫確實是屬於我的人……」

「要我說幾次，我就是不滿妳那種蠻橫的態度……」

「可是，跟我從剛才強調的一樣啊，阿倫就像我的家人。我又沒有像學姊或小澤村那樣把關

係想歪……」

「天真，冰堂妳太天真了……」

「……咦？」

桌子搖晃的情形不知從何時起已經嚴重到連其他客人都發覺的地步了。

「每年放暑假就會回鄉下住的男女生表親。一起在山野裡奔跑，吃井水浸涼的西瓜，並肩躺在靠庭院的廊上睡午覺，是他們每年的例行公事……」

「……學姊？」

「於是，在那年夏天，一如往昔的日常光景依舊沒變……除了女方在不知不覺中變漂亮，男方則在不知不覺中迎接思春期這兩點以外。」

而且，造成搖晃的抖腿美女正讓她那頭烏亮秀髮像蛇一樣地蠕動（形象畫面），還揚起嘴角從從地獄的深淵喚來邪靈（說過是形象畫面了）。

「男生醒來以後，家裡只迴盪著響亮的蟬鳴聲……看來家裡的人似乎是擱下睡著的他們倆，出去買東西了。」

「呃，學姊講的該不會是……」

「他驀然轉頭，看向應該就睡在旁邊的女生……於是，他發現在眼鼻之前，有女生默默地睜開眼睛，似乎一直望著他這邊的臉孔。」

「…………（嚥口水）」

「少女的細語混著蟬鳴，微微地傳進少年耳裡……『我問你喔，阿倫……你……有沒有經驗呢？』」

「噫……」

美智留的喉嚨頓時像鳴笛一樣地響了。

她就像那個虛構的少女一樣，臉頰泛紅，呼吸急促，還無意識地舔起不知不覺中變得乾澀的嘴唇。

「其實，女方本來只是想親吻男方……然而，意外地嚐到女方嘴唇滋味的他，當然不會了解女孩子那種微妙的心理……」

「咦，等、等等……那個，再說下去不就……」

「男生貪婪地享用女生的唇，同時，手也在不知不覺中伸進她的背心摸索，指頭也終於摸到了位於尖端的突起物……」

「啊啊啊啊啊～～！等、等一下！那個情境想像起來太寫實，別說了～～！」

作家，霞詩子……

在此聲明，她的活動據點是歸類為輕小說品牌的不死川Fantastic文庫，現階段並無執筆其他種類的作品。

※ ※ ※

「呼，呼，呼……欸，我的心跳緊張得慢不下來了啦～」

「看來這對妳的刺激似乎太強了……雖然我只是稍微想像在ＣＯＭＩＣ Ｌ○八成會出現的情節而已。」

「夠了啦，別講那種莫名其妙的話……不好意思，請來幫我們這邊倒水～」

美智留的反應比預料中更純情，詩羽便停下黑暗創作者模式，刺探似的凝望對方的表情凝望那張臉，可以看見大概不是只因為咖哩而冒出的汗，目光蕩漾，臉頰湧上紅潮，感覺不到平時那個粗線條體育派女生的影子。

「冰堂，難道妳……」

「怎、怎樣？」

「妳真的不曾將倫理同學當成男人放在心上？」

「呃，我從剛才就說他是家人了嘛……」

不對，或許這種清純反應才是體育派女生的真面目（萌點）。

「不，那不可能。以往妳都在他身上貼來貼去，我才不信妳沒有任何感覺。」

「學姊還不是常常黏著阿倫。」

「我沒有直接黏著他，而是隔了一層(絲襪)，所以不算數。」

「……哦～～不對啦，是那樣嗎？」

從這些言行看來，詩羽的黑暗創作者模式離爐心停止運作似乎還得等一會兒。

「妳好危險……以往妳居然都抱著那麼輕率的想法，反覆跟他做那些遊走在尺度邊緣的肢體接觸……」

「所以學姊都懷著比我沉重的覺悟……？」

「不經思考就出手挑逗，萬一倫理同學變成絕倫同學，妳打算怎麼辦？」

「咦？沒有啦，那個……哎，到時候再想嘍。」

「像妳這樣走一步算一步，就算時候到了，也會演變成『啊，沒準備那個耶……哎，算啦。』然後答應不戴○跟他做喔。」

倒不如說，詩羽那座核能爐的爐心似乎已經熔毀到讓人懷疑有沒有確實停止的地步了。

「不、不過他是阿倫耶。那傢伙哪有可能會……絕、絕倫嘛……」

「要不然我問妳，妳會排斥他那樣嗎？絕對無法接受？」

「別、別叫我想那種事啦～～！假如開始思考那些，我不就沒辦法跟以前一樣對他了嗎！」

「是嗎，那倒是不錯的徵兆……」

「怎、怎樣啦……？」

從詩羽的爐心……不，從她的內心深處，湧上了充滿嗜虐心的漆黑火焰。

面對個子高自己許多，力氣更是比不過才對的美智留，詩羽從容地盯著對方游移不定的眼睛，慢慢地堵住其退路。

這是為了將美智留過去沒有發覺的「羞恥」概念深植到心裡……

「比方講，冰堂，妳常對倫理同學用摔角招式對不對？」

「我、我們從以前就會那樣啊。再說我都有放水……」

「妳說的放水，只是放輕力氣對不對？」

「不、不然還能怎麼放水？」

「妳有沒有節制自己選來對付他的招式呢？」

「那、那是什麼意思……」

結果，詩羽沒有直接回答美智留的問題，而是從包包裡拿了手機開始搜尋著什麼。

「妳看，例如這個招式……」

「……炸彈摔以後接蝦式固定？」

隔了一會兒，詩羽指給美智留看的畫面上，正在播放強壯的職業摔角手將比賽對手倒著舉起摔到地上，再直接壓制對方獲勝的精彩橋段影片。

「然後妳看看這招……」

「喂……！」

緊接著，詩羽指給美智留看的畫面上……呃～～招式流程像歸像，但是要說有哪裡不對勁，那應該從頭到尾都不對勁，總之在可以敘述的尺度內只能說地點是床上而非摔角場。

「以往妳對他做的就是這種動作，妳有沒有自覺？」

「停停停停停！還有學姊妳先關掉那個影片啦！」

附帶要註明的是，由於那段影片的音效並沒有調成靜音，在此瞬間，她們倆座位的半徑數公尺附近全都僵住了。

「妳敢保證自己以往跟他玩摔角時，從來沒用過這招倒○蓮花……不對，妳敢保證自己從來沒用過這種體位……呃，我是指難道你們就沒有擺過這種姿勢嗎？」

「唔……」

「妳敢說自己有對他身為『男人』的敏感部位手下留情嗎？」

「別、別講這個了啦……大家都在看我們這邊耶，學姊。」

「不，我們趁這個機會來確認其他煽情的招式……比如○○壓頂、老樹○根……」

「住、住手，住手……呀啊啊啊啊啊啊啊啊啊啊～～！」

當詩羽從美智留口中聽見她未曾發出過的尖叫聲，在那個瞬間，她就確定這場較量分出高下了。

……然而，告終的只是沒有贏家的空虛之爭罷了。

「冰堂，這樣妳懂了沒有？」

「饒了我……饒了我吧。」

分出高下之後，詩羽又接連放了各種「招式」的影片，毫不留情地對美智留窮追猛打。

她們之間根本沒機會出現職業摔角常有的，從大危機一舉反敗為勝的劇碼，那只是單方面的凌遲。

「要我饒了妳，代表妳承認自己理虧對不對？」

「我沒資格當阿倫的家人……竟然害他心裡那麼苦。」

可是，詩羽無論如何都必須狠到這種地步。

因為從豐之崎學園畢業，又脫離「blessing software」的她，非得盡量摘除「他」與其他女人發生意外的可能性才行。

「既然如此，妳明白自己以後應該怎麼做了吧？」

「嗯……」

這樣一來，美智留無論如何都會意識到「他」身為男人的那一面。

她會正確理解到自己用那些招式時，將讓「他」產生什麼樣的情緒。

所以，美智留對「他」就無法隨便像以前那樣做肢體接觸了。

那就是詩羽用來對付美智留的以毒攻毒治療法。

然而……

「我以後會做好『覺悟』再對阿倫試招。」

「……咦？」

「學姊說得對，就算阿倫反擊也是沒辦法的……既然我對他做了這種事。」

「是、是啊，所以妳應該……」

「即使他反過來對我用強的……我也不能抱怨……」

「不是那樣……」

「嗯，沒辦法嘛……假如阿倫說他想要的話。」

「冰、冰堂，現在不是讓妳一臉開心地說『沒辦法』的時候吧，妳就不能痛下決心戒掉過度的肢體接觸嗎？」

「那我辦不到耶。畢竟就像我強調好幾次的那樣，我跟阿倫是一家人嘛。」

「妳會不會把家人這個詞用得太氾濫了點！」

結果美智留心目中所謂的「家人羈絆」，並不是用點小手段就能撼動切斷的堅定情感……應該說那完完全全就是有毛病的情感。

※　※　※

「那我要搭地下鐵。掰嘍，學姊。」

「我們大概不會再見面就是了。」

太陽已稍微西斜，御茶水橋口的驗票閘前。

周圍有許多人來來往往，揹吉他的美少女和黑長髮美女則抵抗人潮，站在人群中面對彼此。

「好啦好啦，別講那種不近人情的話～」

「妳好煩，不要貼著我。」

詩羽就讀豐之崎時，曾經以冰山美人、黑長髮雪女等排他性強烈的綽號而見稱，但面對這個讀別校、愛裝熟、年紀比較小的大姊頭，詩羽身上的防護罩似乎不管用，如今她只能任對方擅自勾肩搭背，然後柔弱地用十分困擾的臉色及語氣來予以應付。

「基本上，像妳這種悠哉得不把障礙當障礙的人……」

「啊，對了，學姊手機借我一下喔～」

「好好聽人講話。」

而且，在本身就讀的女高仍以絕高人氣及年級派頭見稱的美智留，面對早就不是社團伙伴，也失去高中生身分這個共通點的年長才女，態度並不會有所改變。

不，美智留反而和對方走得比以前更深入、更緊密、更親近了。

「好，我拿到學姊的手機號碼了～」

美智留將詩羽的手機號碼登錄到自己的通訊錄以後，就直接撥號出去，再把自己的號碼登錄到詩羽的通訊錄當中。

「……妳這樣留號碼要做什麼？」

事到如今，詩羽才發現她們連在同一個社團時都沒有交換過彼此的號碼，同時她仍一臉不滿地瞪著美智留。

「難不成以後妳還想定期將我約出來欺負？體育派就是這樣……」

「可是我認為學姊今天發動攻擊的時間還比我久得多耶。」

「囉嗦。」

美智留對詩羽那樣的視線當然是視若無睹，依舊悠悠哉哉地和偉大的學姊應對。

「總之，以後我還會找學姊商量許多問題喔，和阿倫有關的問題。」

「那妳要自己想辦法。反正享用摔角招式還是房中……地板技不都隨妳高興？」

「……還有社團的問題，小澤村的問題，小加藤的問題。」

「咦……？」

不，她並沒有虛應了事。

「學姊要幫忙……替大家打氣喔。」

「妳指的是……」

「好不好？學姊，妳是有責任的耶。」

即使從美智留過去的態度，實在看不出她有那些想法……

「妳有義務要幫助自己拋下的社團喔。」

今天，能在這裡碰巧遇見詩羽……

對於上天，美智留算是有所感激的。

「照妳所說……我有介入社團的權利？」

「那是社團代表要決定的事情……所以，我們彼此都知道那傢伙會怎麼回答，對不對？」

「這……我是可以料到，倫理同學會怎麼說。」

沒錯，詩羽大概可以料想到，那個平時又吵又煩又不識相的學弟……

那個永遠都會當她書迷的學弟……

如果突然被好事的學姊介入社團事務，應該會慌張、羞恥、害臊……

然後用崇拜女神似的目光仰望她吧。

「我為了社團要利用學姊。所以學姊『不得已』才會和阿倫見面然後陪他商量。」

「不得已……？」

「哎，到時候就算發生了些『什麼』，我也不會多管。」

「冰堂……」

「妳想嘛，反正我和阿倫是一家人。就算他要搞外遇，那我也可以搞外遇啊。」

「妳對家人這個詞到底是怎麼解釋的啊……唉，算了。」

「那我就當作學姊答應嘍，可以嗎？畢竟妳好像覺得這是『權利』嘛。」

「真受不了妳……」

詩羽則是連應該從哪裡開始吐槽都不清楚，只能擺出有違自己平時本色的表情。

困惑，以及傻眼。

摻雜了上述情緒的無邪笑容。

「那之後再聯絡嘍～～」

美智留揮了揮手，離開詩羽身邊，然後混進人群當中。

「我可不聽妳本身的桃色煩惱喔。」

詩羽目送著對方的身影，同時，以她來說也難得地揮了揮手回敬。

「妳要好好幫阿倫打氣喔～」

隨著距離變遠，她們拉高對彼此的音量。

「就算和倫理同學發生了什麼，我也絕對不會負責任……不，我絕對會逼他負責，妳最好要有心理準備喔。」

即使如此，兩人的話語被周圍喧囂掩去，已經傳不到彼此耳裡……

「到時候學姊要把攻陷他的方式詳細教我喔～反正照學姊的膽量，扯來扯去八成還是跨不過最後那條線啦～」

「妳等著看！這次我絕對會○了他！我要○他！我會○給妳看～～！」

因此，詩羽最後發自靈魂的吶喊，也埋沒於周圍的喧囂……並沒有，附近的路人全都轉頭看了過來。

第八・五話　不起眼女主角培育法around 30's side

五月中旬的週六。

初夏令人稍稍發汗的暖意隨陽光燦然地灑落……那是發生在日正當中的事情。

過了晚上九點，白天的暖意已經完全消退，是的，這次地點真的換成了作品中為大家熟悉的秋葉原。

……而這裡所提到的小酒館，就位在秋葉原某處，得從大街走一段路進去的小巷角落。

「歡迎光臨～」

門一開，就有掛在門上的鈴鐺音色和男老闆的招呼聲迎接。

儘管從櫃台後面響起，語尾還微妙地拉高音調的開朗聲音讓人有些畏懼，進門的女性仍瞇眼朝燈光偏暗的店裡張望。

黑短髮、黑外套、黑窄裙配黑褲襪。

清一色黑，儼然就是女性工作者或ＯＬ的模樣，呃，先不管以上那些過時的字眼，來者大概是下班的勤快女性。

巢穴。」

「……喔～～」

町田聽完環顧店內，就發現原本她覺得平凡無奇且清潔的酒館裡裝飾在牆上的，並非這種店家常見的武○小路○篤或相田光○，而是她們倆也熟悉的，在同人界或商業領域為人熟知的插畫家紙箋、海報或掛軸。

而且當中還有松原穗積簽名的《戀愛節拍器》海報，對此町田露出了不知道該欣慰或傻眼的臉色，只好盯著看了一會兒。

「後面的牆壁還有安裝螢幕，也可以在這裡舉行動畫上映會喔。」

「就算聽到那種祕辛，我也不曉得該怎麼處置啦。」

町田並沒有對上天感謝這種半滴酒精都沒有攝取就好像陷入爛醉的寶貴經驗，而是豪飲薑汁汽水，還吃了一點擺在朱音手邊的馬鈴薯沙拉。

「茜，話說我們之前最後一次見面是什麼時候？」

「在不死川辦的派對上吧，雖然妳都緊緊地陪在自己負責的作家身邊。」

「不，我問的是個人性質往來。當我們身為早應大漫研的同屆，還會單獨見面的時期。」

「那樣的話，好像從畢業以後就沒有了。」

「妳是中途退學的吧。唔哇，代表已經超過十年了嗎？」

「記得霞詩子是大學生，對吧？」

「她讀早應大，是我們的學妹喔，雖然兩個月前還是高中生。」

「哎，既然她還年輕……」

「量也就罷了，要她在這種期間產出妳所要求的品質？」

「…………」

「…………」

此外，在船上開孔的船家每次遭遇沉默，就會各自飲盡杯中的日本酒與薑汁汽水，不過那無關緊要。

然而當下一杯倒進容器裡時……

「那就沒辦法了，讓她去死吧。」

「妳少講那種不吉利的話！」

朱音的眼底蘊藏著創作者將自己逼到極限時會展露的昏暗光芒。

「純屬比喻啦，死不過就是燃燒殆盡的意思……」

「意思還不是一樣叫人去死！了斷身為創作者的生命！」

像這樣，在她完全抹去對人的關懷時，無論身旁的生意對手說了什麼戲言，也絲毫動搖不了她的心。

「根據經驗來說，休息半年就能恢復原狀……有七成的人可以。」

「別鬧了！」

町田的怒吼在店裡響起。

不過，周圍的酒客大概也是獨當一面的業界人，含老闆在內，沒有任何不識趣的分子對她們那種銅臭味濃厚的話題感到訝異或豎耳偷聽，

「既然妳那麼擔心，你們那邊把出書期程調開不就行了？」

「插隊進來的是妳，還想設局叫我賭？」

「先聲明喔，答應接下工作的是霞詩子，我沒有逼她。」

「你們那裡才應該退讓啦！明明要做一款RPG，為什麼研發期間會那麼短？」

不知道是町田的針砭太過有理，或者戳中了其他的痛處。

朱音原本昏暗的目光添上了一絲朱紅，還動手將新倒的酒倒入揚起的嘴角。

「因為那是我用來和馬爾茲簽約的加碼條件。」

「妳向他們保證一定能在今年內上市？」

「沒錯，假如因為我這邊的過失而讓發售日延期，我會付他們與本身報酬同額的違約金。」

「……等一下。」

然而，朱音隨酒味吐出的下一句話，就越出了業界常規……或者做生意的常識，足以讓周圍

但是她那樣的動力，或許來自與大家想像中不太一樣的次元。

「《純情百帕》的續集……？那種玩意兒等她寫好我這邊的劇本變成空殼子以後，再死拖活拉地生出來就行了。」

「那跟講好的不一樣，妳說的做法不可能被允許……」

「排斥的話，只要脫胎換骨就行了，很簡單吧？」

「什……」

朱音會將創作者，有時甚至連自己都可以當成消耗品，然後全心全意地將自己想要的作品送到世上，不管三七二十一都要令其成功。

她那樣，只是個混帳加三級的御宅族……

※　※　※

「……這段時間有夠浪費。」

「會嗎？好久沒跟阿苑講話，我滿懷念的就是了。」

「總之要是起衝突，我就會把法務部門的人請出來，妳要有所覺悟喔，茜。」

「放心，只要是錢能解決的問題，要多少我都付。」

「我說過了，問題不在那裡……」

結果，談判並沒有將問題了結。

倒不如說，從一開始就不可能只靠她們倆收攏。

「唉，這樣《純情百帕》要改編動畫就會晚半年了……」

「要不然，需不需要我介紹可以把落後進度補回來的優秀製作人讓妳認識？」

「不要，反正妳講的是千歲對吧，何況她還不是一樣是不死川的員工。」

「別那麼排斥嘛。明明妳們從大學、漫研和公司都在一起。」

「基本上，早應漫研社出來的都是○○○啦。」

「阿苑，妳也包括在內……」

因為如此，當結論落在「由於雙方簽定的契約都具有效力，最終要決定怎麼做的是霞詩子」這種用不著特地確認的方針以後，兩個人都一臉無力地趴到櫃台上了。

不對，或許朱音這邊是醉倒的就是了。

「總之要霞詩子的話，我明年就會還妳，才半年工夫忍一忍啦。」

「妳那樣說更讓我不滿……」

「這次又怎麼了？」

「妳剛才是說『要霞詩子的話』對不對？」

「不不不，才沒有人勇猛到敢找生氣的藍子講話啦～」

「對啊對啊，何況誰曉得藍子平時都閉著的眼睛睜開時會發生什麼事！」

「……我的眼睛又沒有發光或射出光束的功能。」

此外提這個並無特殊用意，不過藍子的生日是八月二十八日……處女座。

「哎，不過也沒辦法。『假如對象限定是男生』，她就只鍾情於安安一個人嘛～」

「不不不，照妳那樣說，在女生方面會招來誤解吧！」

「……『目前』確實沒聽說過小美主動對女生出手的消息就是了。」

「有惡意，妳們兩個有惡意啦！說起來百合確實是崇高的喔，在市場上是有需求的喔。不過小美的性向到頭來還是正常的啊。」

「性向正常的人會對表親有情慾嗎～？」

「她那個不是情慾啦！照小美的說法，他們只是『比遠方的外人來得親的親戚』……」

「呃～那樣是不是沒有半點可以贏過前者（遠方的外人）的要素？」

「……沒錯，小美並不是有情慾，她只是對親戚男生缺乏貞操觀念。」

「妳腦子裝的是什麼近○相○的念頭！」

像這樣，每天謳歌女校生活的她們，目前正興高采烈地聊著樂團裡另一名成員，團內唯一的御宅圈外人，女校中人氣第一的女生，擔任樂團當家花旦主唱的小美——亦即椿姬女子高中三年四班，冰堂美智留的話題。

「哎，結果他們那邊好像也沒機會擦槍走火就是了。畢竟安安有女朋友，我還聽說惹那個女生發飆的後果超恐怖～～」

「可是小美有講過：『小加藤只是第一女主角，並不是阿倫的女朋友。』據說情況是這樣。」

「……我一點也不懂，為什麼從那樣的訊息可以連接到『所以不是女朋友』的結論。」

「基本上，對方被封了那麼瞎的稱號還不跟安安斷絕關係，未免太有愛了嘛～～」

「妳別講出來喔！妳在小美面前千萬不能那樣講出來喔！」

……而且她們聊的內容何止不能讓美智留本人聽見，簡直狠到讓任何人聽見都不行。

※　※　※

「所以呢，現在怎麼辦？小美沒來整個團就不能練習耶～～？」

即使各自將樂器調音完畢，也完成個人練習，過了四點鐘，被帶走的美智留仍完全沒有獲釋的跡象。

「藍子，今天就這樣解散嗎？」

「……或許今天只好那樣了……」

於是，藍子被時乃催促做決定，就看了依舊沒任何進門動靜的門口，然後帶著最根本的問題發出嘆息。

「……那麼，小美什麼時候能夠回來這裡？」

「…………」

「…………」

「……妳們覺得從二月期末到現在，花了三個月也沒過的補考，還需要幾天才能過關？而且應考的是那條懶惰蟲。」

「…………」

「…………」

結果被問到的叡智佳和時乃，都用力把最根本的答案「我們才想找人問呢」留在喉嚨，寂靜便降臨在音樂教室。

光是帶動氣氛的美智留不在，「icy tail」就這麼脆弱且失去了光彩……即使如此慨歎，既然這次是負責帶動氣氛的當事人搞砸了氣氛，大家也無可奈何。

「怎麼辦呢～～？等小美回來要不要架著她參加集宿讀書會？」

「大概只能那樣了！好，總之大家都到藍子家集合……」

「……所以妳們兩個為什麼都那麼想來我家啊？」

「不然要怎麼辦～～？還是帶她到安安家熬夜用功？」

「啊，那樣或許不錯！挑那裡的話，小美應該就會乖乖跟去。」

「……我只能看見讀書會變成熬夜電玩大會、動畫馬拉松或者聊圈內話題到天亮的未來。」

「……唔～～」

「……也對啦。」

其實樂團成員裡有三個人對那項方案頗為心動，但是在她們之中實在沒有那種會不識相到特地把話說破的糟糕御宅族。

而且，目前「icy tail」其實還有一項嚴重的內情。

那就是……

「可是～～離演唱會不到一個月了耶～～」

在這種緊迫的情況下，她們缺了主唱兼主吉他手兼作曲者還得著手準備演唱會，以樂團而言可說是嚴重得匪夷所思的內情。

「怎麼辦？先找波波（波島伊織）商量看看嗎？」

面對如此危機，時乃腦海中浮現了某個同年紀的型男那無論喜不喜歡，看了都會覺得煩躁的飄逸瀏海。

對方名叫波島伊織。

幾天前，代替安藝倫也接任她們樂團「icy tail」的第二代經紀人，在同人業界則是從以前就臭名遠……頗為有名的製作人。

「可是～就算找那傢伙商量，答案不用想也知道嘛。」

「……比如『即使不練習也無妨，只要妳們能表演出最棒的演奏就好了』？」

「還有『我怎麼可能曉得要怎麼做才好呢』！」

「倒不如說，行程會排得這麼過分都是他害的～」

有個像波島伊織這樣擔任過闇口前同人社團的代表，而且「熟知地下團體該如何行銷的成員」加入，對懷有「主流出道先不提，反正想多闖出一點名氣～」這般便宜夢想的她們而言，原本應該是來得正合適的人才。

而且在相貌方面，伊織不像評價因對象而大有歧異的前任經紀人，他屬於任誰都會覺得帥的公認型帥哥（但個性爛到毋庸置疑），是個足以讓團內女生抱有某種期待的寶貴人才。

不過，實際上波島伊織這個男的卻……

「吼～他有夠爛的！我現在深刻體會到安安以前有多替我們著想了！」

「真希望他可以多配合我們的步調一點～～畢竟上台演唱的是我們～～」

「……要是他至少聽得進意見就好了。」

伊織身為經紀人的手腕，確實令人咂舌。

「icy tail」以往幾乎都負責暖場，最好也就排在第三團表演，然而伊織沒問過她們任何意見，突然就敲定要舉行兩小時不間斷的單獨演唱會。

當然，沒有歌單及信心能撐兩小時的她們三個起初都愣住了，接著便猛烈地抗議。

伊織卻將那些抗議推得乾乾淨淨，他不只一律不聽，還說出驚人的計畫。

……那就是在演唱會當天的販售活動中賣「icy tail」的第一張CD，原本她們視為高中畢業後的目標，伊織要在短短一個月就達成如此驚天動地的壯舉……

「所以嘍所以嘍，我們還要作幾首曲子才可以？原創的。」

「哎～既然是迷你專輯，靠目前的歌單還撐得過去就是了～～」

「……假如要辦兩小時的演唱會，我希望再多五首歌。」

然後，目前樂團裡唯一能寫那五首歌的作曲者（美智留）卻……

「我看還是不行啦！」

「絕對沒辦法～～」

「……有勇無謀到極點。」

因為這樣，三個人終究還是只能一起嘆息。

「不過不過，就算有困難，我們總不能半途而廢嘛。」

「更重要的是，小美身為當事人也鬥志滿滿～～」

「……那就先不提她起碼應該先克服補考這一點了。」

沒錯，更重要的是象徵她們組團理由的最強主唱，已經完全投入於伊織的魯莽規畫。

對原本就滿心想用最快速度出道的美智留來說（先不論實力），伊織的方針應該相當合調性。

「可是可是，小美被騙了啦！波波才不是為了『icy tail』在忙這些。」

「也對～結果他都只有想著『blessing software』的事情嘛～～」

「……換句話說，都是為了安安……」

伊織在提出那魯莽的演唱會及製作ＣＤ的計畫時，曾經順口似的點出了她們今年的目標。

「blessing software」下款作品的主題曲，會使用「icy tail」的歌。

因此，「icy tail」要在冬COMI以前打響知名度。

至少要讓衝著「icy tail」而來的顧客，在購買「blessing software」新作的理由中占兩成。

換句話說，行銷「icy tail」的真正目的，是為了宣傳「blessing software」的新作……

「波波真的好拚耶。」

「因為安安把任務交給他了，總不能草草了事吧～」

「……因為他重視安安比我們多。」

「明明安安都有女朋友了說。」

「安安的女友好像超討厭他的喔～」

「……他們之間絕對會爆發戰爭，不會錯。」

儘管預言的內容如此聳動，三個人卻一反剛才的苦瓜臉，表情充滿了「我們不討厭那樣」的溫馨感情。

「所以，根據那一點，我們幾個該怎麼辦？」

「要挺波波這邊，還是挺安安女友那邊？」

「……問題並不在那裡，我們挺的是小美。」

「既然這樣，就只能把波波的目的告訴小美，讓她醒過來！」

「對～對～誰教我們幾個練得要死要活，結果高興的卻是波波和安安～」

「……不過，對小美來說，或許那正是她想要的。」

「唔……」

「唔嗯～……」

「…………」

沒錯，她們幾個都了解。

如同伊織和「icy tail」的目標有所不同，她們和美智留之間在意識上也大有差異。

而且差別大到如果放著美智留不管，她或許就會中輟退學。

先不提她是為了誰。

「他們真的想和《寰域編年紀》打對臺耶……安安、波波還有小美都是。」

「與其說和《寰域編年紀》打對臺，他們的目標應該是紅坂朱音吧？」

「……還有柏木英理跟霞詩子。」

「不過要和那兩個人比，就算她們前陣子還是社團的伙伴，事到如今格局也差太多了吧。」

「哎～～畢竟這好像以往都在玩地下樂團，忽然間就從K○NG　RECORDS……不對，忽然就從S○NY　MUSIC出道，而且出道演唱會還選在埼玉體育館舉行～～」

姑且不管這個比喻在許多方面都是顆變速球，從中還是可以感覺到安藝倫也和波島伊織等人和對方的立場差距，對樂團的眾人來說已經無法估計了。

基本上，連怎麼樣才算贏都沒人曉得。

用同人遊戲挑戰商業電玩大廠的重炮巨作，若是在一般人看來，別說定規則，感覺比賽本身就是個錯誤。

「……簡直像唐吉軻德呢。」

因此到最後，就落得如此無奈的結論了。

「結果，我們幾個到底要挺哪一邊？」

「剛才不就說過了，挺小美啊～～」

「……可是挺小美的話，肯定就要和《寰域編年紀》對抗耶。」

「不、不然妳們說嘛，其他還有什麼選擇～～？」

「……挺小美，或者不挺。」

「…………」

「…………」

要陪著美智留一起異想天開，用全力衝刺，投身於跟馬爾茲音效團隊還有唱片大廠音樂人的對抗當中？

或者像以往一樣，用地下動畫歌曲女子樂團的身分，悠悠哉哉地以秋葉原地帶為進行音樂活動的中心？

……只靠目前的三個人，而非四個人。

那實在是太過荒謬，太過愚蠢，然而對她們來說卻影響深刻的二選一……

「哎，總之到這週末再說嘍！」

「把小美架到藍子家集合～」

「……所以為什麼要選在我家？」

結果她們沒有選。

儘管她們三個人都明白，那個「不做選擇的選擇」，以結果來說就會變成和美智留，還有「blessing software」站到同一陣線。

「那麼，我們要怎麼逼那個不愛念書的小美用功？」

「只能把她綁在書桌前吧～」

「……那我們回家時要去買繩子，因為我家沒有。」

即使如此，她們仍決定用自己的方式向前邁進。

同時，也祈禱著演唱會成功、ＣＤ順利發售還有從中衍生的一連串成就。

她們三個……不，她們四個人在這小小的音樂室裡，燃起了反叛的小小狼煙。

這篇幕間劇請接在第九集終章後閱讀

「那明天見嘍……下次要在學校見面喔。」

「妳留下來過夜也可以啊，畢竟已經很晚了。」

「今天不用了。反正留下來也沒有什麼事要忙，再說今天是平日。」

五月下旬，週一晚上，早就過了十一點的深夜。

「blessing sofware」將第二款作品企畫，《不起眼女主角培育法（暫定名稱）》（其中一條劇情線）的劇本完成（到某個程度）了，值得紀念的日子。

「啊，等一下，加……惠，我送妳到車站。」

「啊～不用啦。呃，記得這種時候要回答……『再說被朋友傳出去會不好意思』對不對？」

「好感度應該剛剛才提昇的，妳怎麼這樣對我？」

而陷入混亂中的劇本寫手，安藝倫也，面對剛才應該已經將稱呼方式從「加藤」進步到「惠」的加藤惠，那依舊不領情的回話方式，使他發出了今天算來不知道第幾次的怨言。

「那掰嘍。」

「……妳在路上真的要小心喔。」

至於惠這邊，則不知道是出於有心或無心，又擺回了原本淡定的態度來應付倫也，然後匆匆離開玄關，走到街上。

從地勢較高的安藝家這裡，到距離最近的車站，必須走下漫長的陡坡，來到國道以後再走幾分鐘。

惠打算先到那道陡坡，便向左拐彎，然後直接往下走……

「啊……」

接著，不知道是無意識或刻意為之，她轉了一百八十度調頭，仰望位於反方向的上坡。

不，正確來說，她仰望的是聳立於坡道頂端，在整座住宅區當中仍顯得格外氣派的大豪宅。

『我會去跟英梨梨道歉……直接說清楚。』

那裡，是她剛才和倫也約定要和好的人所住之處。

在三月初，隨著些微……不，隨著莫大的歧見，自此變得再也不講話的好朋友，澤村．史賓瑟．英梨梨的家。

「……我要遵守約定才可以。」

惠拿出手機，然後指法熟練地操作輸入畫面，開始在螢幕上產出眾多文字。

當然，她才沒有邊走邊用手機。

呃，以前她是會不以為意地那樣做，但自從有個對違反交通規則都會嘮嘮叨叨的奇怪御宅族開始出沒在身邊以後，她也差不多對那種不講理的說教感到厭煩了，結果，她就成了即使沒有人看見也會規規矩矩地遵守瑣碎禮儀的小市民。

包括交通規則、有關排隊及守時的禮儀、乃至於對遊戲分級制度的尊重……

說真的，那個異常重視倫理的……如果這樣抱怨，會變得和某個學姊類似，因此惠終究只是用淡定而敷衍的調調，來回想那個煩人的眼鏡……已經不見，而且讓人被迫面臨不知該如何形容其長相而頭痛的娃娃臉男生。

像這樣，當惠將大腦資源分來思考閒雜事情的期間，她的手指仍流暢無比地輸入著訊息。

「接著，就是要……？」

然而，等到要把那些字句用傳送鍵寄出去的階段……

和之前相比，單純到不行的區區一個步驟卻讓她停頓了。

From:　「加藤惠」〈megumikato@○○○.○○〉

To: 「英梨梨」〈e-lily@〇〇〇.〇〇〉

Subject: 好久不見

我是惠，辛苦妳了。

之前發表的新遊戲圖像，我看過了喔。

雖然我說不出太宅……不對，我說不出比較專業的感想。

我覺得很棒喔，甚至棒得讓頭腦有點混亂。

呃，然後，我從倫也那裡聽說了。

他有幫忙轉達妳想找我談事情的想法。

嗯，我也想和妳談。應該說，我總算下定決心了。

所以，我們見面好好談一談吧？

包括以前，還有以後，許許多多的事情。

能不能在這週末約個時間呢？

無論週六或週日都可以。

等妳回信喔。

「……唔嗯～～」

惠重新審視自己幾乎在無意識之間寫完的文章，然後，她對內容裡無法抹盡的不協調感板起臉孔。

「甚至棒得讓頭腦有點混亂」……雖然這不是謊話，可是隱瞞了真正的情緒還寫得有正面味道，感覺好卑鄙。

「倫也」……現在把這個稱呼寫出來，原本問題好不容易快要收拾了，或許又會變成英梨梨主動跟她鬧翻。

「我總算下定決心了」……感覺像把花了這麼多時間的責任推給對方，似乎有挖苦的味道。

「好好談一談吧？」還有「等妳回信喔」……明明兩個月以來都不理對方，現在這樣寫會不會有裝熟之嫌？

是不是應該改成「希望能和妳談談」或「等待妳回信」，寫得客氣一點呢？

「唔唔～～……」

惠接連耽擱在平常應該不會去煩惱的小細節，然後便開始鑽牛角尖。

明明自己在英梨梨面前不光彩地哭出來，還不講道理地怪她，單方面宣布絕交後就擅自離去的那一天，感覺像好久以前的事情……

第九．五話　話說**封面的女生**到底**是誰**？

「啊～～已經售完了嗎？」

「對不起對不起！那、那個，因為這次是出塗鴉稿的影印本，所以只印了一點點……」

六月第一個週日的午後。

外頭下的雨為室內帶來濕氣與悶熱，這裡是池袋陽光城的大廳。

「這樣啊……那可不可以讓我看樣本呢？」

「真的很抱歉……」

在為期僅限今天一天的某場全種類同人誌販售會會場上，細得快要聽不見的女生說話聲，到底還是被周圍的喧噪蓋過了。

被分配在牆際的那個攤位，既沒有促銷標語也沒有海報，更沒有商品一覽表，白色的桌巾上只擺了一冊用釘書機裝訂的薄薄影印本，封面還用麥克筆寫著「樣本」。

從剛才就待在那張空蕩蕩的桌子前，一次又一次地在客人光顧時拚命低頭賠罪的，是個將稍長的頭髮綁成兩束從肩膀垂下來，外表大約像國高中生的女孩子。

話雖如此，位於垂下髮梢前的豐滿胸圍，看起來實在不像國中生。

……擁有童顏巨乳，臉蛋和身材顯得有些不均衡的她，是距離上次露面將近隔了一個月的波島出海。

順帶一提，在這座會場裡面，稱呼她為社團「Fancy Wave」的代表或許會比較好懂。

「啊～原創角色果然也畫得好可愛……撲了個空呢，早知道一開始就來這裡排隊。」

至於隔著桌子和出海面對面，正一邊翻閱影印本一邊嘆氣的，是個明顯比她年長，應屬大學生或社會人士而且戴了眼鏡的女性。

「……呃，妳是每次都會來的那位讀者對不對？」

「啊，妳記得我嗎！」

「我當然會記得啊……」

其實對出海來說，對方是她剛出道畫同人誌時，從印了五十本《小小狂想》同人誌還賣不到三十本的時期就一直支持至今，就算想忘也忘不掉的寶貴主顧。

「哦～～好高興喔，因為波島老師當上『rouge en rouge』的遊戲原畫以後就大紅大紫了，我還以為過去出小小狂想本的事情會成為黑歷史。」

「不會的，完全沒那回事……可是對不起，都沒有幫妳預留。呃，連我自己的份都已經沒有

「照這樣下去，壓力不是會比收穫還多嗎……？」

結果，當出海像這樣帶著微妙的臉色陷入擔憂時……

「不是的，我哥哥目前到其他攤位打招呼了……」

「騙人！妳不是在十分鐘、三十分鐘、還有一小時前都說過同樣的話嗎！」

「是啊～就是那樣～我哥哥從一小時前就沒有回來嘛～」

「太慢了……！他到底是在哪個女人的家裡（攤位）鬼混！」

「噫噫噫噫，對不起對不起！」

「唔哇……」

出海在自己右邊的攤位，看見有個女性像上一刻的她那樣，隔著桌子正在向一般參加者拚命賠罪。

對方的頭髮比出海短，和出海一樣往後面綁成兩束，外表差不多像高中生或大學生。

隔壁攤主造型亮麗，但是與御宅族喜歡的華麗不太一樣，那副打扮像是從青少女時尚雜誌中冒出來的，然而她目前卻被眼前（無論外表或言行都）慘不忍睹的女性胡亂怪罪，打扮得漂漂亮亮的全身都縮在一起，只能一直低著頭。

出海望著對方那副和自己上一刻完全相同，感覺卻遠比自己上一刻可憐的賠罪模樣，冒出了

「在這世上要比慘，果然還是有人更慘」的想法，同時也覺得心裡逐漸平靜了。

……呃，雖然她也明白那樣想對隔壁攤主非常沒禮貌。

「唉～～」

不久，似乎罵累的一般參加者撂完話就走了，原本深深低著頭的隔壁攤主這才緩緩抬頭，然後環顧四周，癱靠在椅背上大大地發出嘆息。

「辛、辛苦妳了～～」

於是，出海便開口安慰那個疲勞困頓得和她幾分鐘前一樣的女性。

「唉～～實在很抱歉。讓妳見到這麼難看的畫面。」

「不會，我們彼此都滿辛苦呢～～」

平時出海並不會輕易和初次見面的人攀談，可以說是在家一條龍，到外一條……呃，她只是對親人以外的人比較紳士……不對，比較淑女就是了。

然而在這個時候，一下子湧上來的同情心或者優越感……總之有許多因素激發了出海的慈悲情懷，因此關心隔壁攤主的話語自然就脫口而出了。

「哎，反正我這裡的狀況相當於親人擺烏龍，某方面來說也算不得已啦。」

「妳剛才是不是有提到哥哥？」

「啊，妳聽見了嗎？是的，我哥哥……應該叫他社團代表就是了，在我買完本子回來以後，他就立刻丟下女朋友跑去向其他人問候了。」

「啊，我們社團狀況也差不多。我哥哥好像有許多事情要張羅，就說剩下的都交給我，然後不知不覺中就跑不見了。」

「是喔，原來我們都有不爭氣的哥哥。真的很辛苦對不對？」

「啊哈哈……」

於是，透過對方遠比她直爽又健談的反應，出海那小小的勇氣得到了正當回報。

最重要的是，有個小小共通點（哥哥不爭氣）似乎給了彼此滿高的印象分數。

※　※　※

「唔哇，這個人用色技術好厲害！」

「對吧對吧。頁數少歸少，但他每次出的都是全彩本。不過每次開場一小時就會賣完，所以要弄到手難度很高喔～」

東拉西扯過後，彼此的不幸遭遇讓兩人一拍即合，就將隔壁社團找幫手買到的同人誌擺出來開起寶貝鑑賞會了。

「這、這一本是……唔哇，附贈的冊子畫得好可愛喔～～！」

「對對對！這個人是在草圖附錄本反而才會發揮真工夫的類型。書店寄賣的存貨就不能指望有附錄本了～」

哎，她們會聊得那麼興奮，還營造出兩人世界，目的大概也是為了迴避諸如：「妳們都已經售完了啊……」或者「書店寄賣的規畫呢？」或者「準備充足存貨讓客人都能買到是社團的義務吧」等等來自一般參加者的斥責、質疑或遷怒……

「幸好今天策略成功～決定第一攤從哪裡買起，在戰術上果然是最困難的要點，不過這都會依當天進貨量或發行刊物的種類而改變呢。」

「妳、妳每次都會改換逛攤的順序嗎？」

「當然了！比如每次進貨量都很多的大牌社團，這次要是只印了十幾本影印本該怎麼辦？那就會變成戰場吧！等於是最前線吧！」

「對不起對不起對不起。」

儘管出海在如此和樂的對話中還是會自認被戳中痛處而受傷，不過能夠羨慕地鑑賞別人買到的寶貝，讓她度過了和之前無法比的頂級時光。

「不過這樣的話，意思是妳從開場前就在大廳裡到處走動觀察嗎？擺設攤位之類的工作誰來做呢？」

「呃～是啊，那些有我哥哥負責……」

「可是，妳在開場後就馬上到處跑來跑去買本子了對不對？那時候誰來顧攤？」

「呃～對啊，那也是由我哥哥負責……」

「這樣的話，妳幫了社團什麼忙……」

「呃～有啊，我們有講好，假如我回來的時候本子已經賣完，攤位就換我來顧……」

「就這樣而已嗎？」

「呃～對……就這樣。」

「啊，還是妳也有幫妳哥哥買他想要的本子之類……」

「呃～那個嘛，我哥哥對同人誌沒什麼興趣，我買的百分之百都是自己想要的……」

「那樣與其說妳是來幫忙，感覺更像靠社入資格搶本子……我什麼都沒說，對不起！」

「呃～對啦……怎麼說好呢～在旁人的眼光看來只能那樣想吧～啊哈哈……對不起。」

「啊，不是的，我只是不得不否定自己並不是沒有想過事情毫無那種可能性……對不起。」

結果，如此幸福的時光又因為出海不留意說出的一句話而微妙地降溫了……

可是在社團代表畫了本子擺好攤位並且親自顧攤的時候，小助手卻到大廳偵查如何有效率地買東西再獨吞那些好貨，即使讓一般人來評理也難免會覺得有失道義。

「哎～好啦，我和我哥哥這邊有一些不方便對人解釋的隱情……當然並不是類似情色同人誌情節的那種隱情就是了……」

「沒、沒關係……就這次而言，我也沒有立場說別人……」

「咦，意思是難道妳也有到處收購我不曉得的會場限定本？妳那些好貨藏在哪裡？」

「啊～不是的，我不是那個意思……」

情緒剛消沉下來，又在一瞬間變得眉飛色舞的隔壁攤主讓出海感到困惑，不過，這是她今天第一次在會場裡透露疑似真相的心聲。

「其實，今天的本子，我並不是為了和大家分享才畫的……」

※ ※ ※

「……妳騙人的吧？」

「不，這是真的。我連要參加活動都是前天才得知……」

出海將留在自己桌上的唯一一本樣本遞給隔壁攤主，然後有些自嘲地開始說明。

關於這次完全無法讓她接受的活動參加經過。

「所以，我根本沒有準備好……我拿了以前的草圖來剪貼，勉強用昨天一天將影印本需要的原稿整理好，然後今天早上才在超商印本子……」

隔壁社團代表請來的助手臉色認真地聽了出海表白的意外真相，便翻開拿到的「Fancy Wave」刊物樣本，並且走馬看花似的瀏覽內容。

「所以這次的本子，其實我一點都不能接受。原本我真的不想用這種成品向讀者收錢。」

接著，對方一下子看完總共只有八頁的那疊紙以後，又重新翻回封面，開始一頁一頁慢慢地仔細端詳……

「即使如此我還是參加了這次活動，因為……」

「唔哇啊啊啊～～！我搞砸了啦啊啊啊～～！」

「呼嗯？」

然後，對方就忽然抱著頭尖叫出來了。

「這什麼啊？原來今天有出這樣的本子？而且就在隔壁社團的攤位？」

「呃，那個，請問妳……」

「這樣才不叫策略成功！我根本是個連最前線在哪裡都渾然不覺的迷糊指揮官！不會吧～～

難道這已經全部賣完了嗎！」

「啊，是的，呃，我已經連自己的份都沒有了……」

「搞、搞砸了啦～～可恨，我的眼睛未免太大顆了，居然都沒發現……裡面的圖比我今天買的任何本子都可愛！好可愛！好可愛喔喔喔～～！」

「啊，不會啦，呃，那個……謝謝妳讚賞。」

順帶一提，對方會有那種反應，似乎是因為對出海本子裡的角色造型迷得如痴如醉的關係。

「波、波島……難道妳就是波島出海？畫《永遠與剎那的福音》的那位繪師？」

「啊，妳有玩過那款遊戲嗎？」

「唔哇～～唔哇～～唔哇～～是、是本人耶～～！原來妳就是『rouge en rouge』的波島出海～～」

「啊，不是的，我參與『rouge en rouge』的製作團隊只限那一次……唔哇哇哇哇！」

而且，當出海講明自己原本就沒有掩飾的「真實身分」以後，隔壁攤主的情緒就亢奮到最高點了。

對方太興奮，使得身為熱血粉絲的一面完全顯露出來，還牽起出海的手猛晃。

平常那是出海或她的師父（倫也）才會擺出的態度。

「不會吧，妳居然就在隔壁……我怎麼沒有從社團圖示認出來。平常我絕對不會看漏的說～」

「啊，那個……對不起。」

畢竟出海連要參加活動都是前一刻才得知，當然沒空親筆畫社團圖示。

「我、我才要跟妳道歉，對不起，我太興奮了。我好愛那款作品的角色……不只遊戲本身，我連附錄的設定資料集都有。」

「真、真的……？啊，不對，非常謝謝妳，真的。」

隔壁攤主的亢奮模樣充滿自然本色，要確認她的話是真是假都顯得多此一舉，出海不禁也表露出自然笑容及由衷感謝的話語。

「討厭啦，請妳不要像修行者一樣，說自己無法接受這次的本子，假如妳這樣不行，那我畫的本……啊，不對，先不管那個了……」

事到如今，對方似乎也對本身在各方面都太過頭的反應感到害羞了，便放開原本和出海交握的手，還清了清嗓子調整呼吸像是要讓自己冷靜。

「所以，妳為什麼無法接受畫得這麼可愛的本子呢？」

接著，等對方重新面對出海時，整個人都已經鎮定下來，而且臉上更帶著認真的神情想探討出海剛才所說的話。

「創作低潮期……？」

「雖然我本身完全沒有那樣的自覺就是了……」

直到上一刻，她們倆都關在兩人世界中嬉鬧……

如今仍關在兩人世界的她們，開始認真地交談了。

「我自己完全沒有發現，可是，最近我好像在不知不覺中受了某個繪師的影響。」

導火線起自黃金週假期轉播的《寰域編年紀二十週年紀念活動》那時候。

活動中盛大公開了柏木英理筆下的《寰域編年紀XIII》主視覺圖像。

從出海看見精緻纖細又具有藝術性，甚至具有某種神聖感的那一張圖的瞬間，她的畫風就自己出現變化了。

然而如字面顯示的，那是變化，要稱作進化就嫌躁進了。

「咦～～但那不是家常便飯嗎？看過或者接觸過感動人的東西以後，就會想把那些納為己有，我覺得那類似於本能耶。」

「唔？……難道說，妳也會畫圖嗎？」

「咦！呃～～……不是啦，那個……我……並沒有喔。」

隔壁攤主身為外行人，所給的意見卻意外準確，讓有些訝異的出海頗為佩服……

「可是，光把那個人的畫風納為己有是不行的，我不能向對方靠攏。」

即使如此，出海仍講出自己不能退讓的心情。

畢竟她……

「……換句話說，波島老師……」

「咦？」

「妳是想贏過那個人。」

「咦……」

「所以，妳才不能受對方影響……要是承認自己受影響，就等於承認自己差對方一截了。」

「……呃，妳真的沒有畫過圖嗎？」

「那種事情在現在無所謂啦。」

儘管對出海來說，那一點都不是無所謂的事情。

即使如此，與其確認說詞的真偽，出海當下還有更想知道的事情。

「那、那麼……妳覺得怎麼做才好呢？」

出海想知道自稱外行卻敏銳過頭的這個人，會說出什麼答案。

「妳是為了尋找答案才來參加活動的嗎？」

「因為我哥哥要我盡量聽取大家……聽取消費者的聲音。」

所以，出海在短短一天就把同人誌趕出來了。

有沒有像最初企劃的那樣，符合賣萌遊戲要的畫風？

有沒有畫出「既可愛又厲害的圖」，而不是「厲害的圖」？

有沒有用自己的圖，將劇本寫手不慎失控寫成狗血劇情的下一款作品「偽裝」好……？

「因此這次的本子，就是我交出的答案卷。」

「意思是由我們來打分數？」

「我能不能保有自己的作風？有沒有遭到對方吞沒？懂不懂討好消費者？大家是否願意說我畫的圖可愛？肯不肯用『萌』來稱讚我畫的圖……即使畫風走偏了，大家是不是就會認為我畫得『漂亮』？」

「…………」

單純來隔壁社團「幫忙」的那個女生閉了眼睛，默默聽著出海滔滔不絕的問題。

「我畫的圖……妳覺得怎麼樣呢？」

「呃，波島老師……我從剛才就一直在強調吧。」

然而，按捺不住的出海一催促那個女生，她才終於睜開眼睛，並且開口將出海想聽的答案說了出來。

「我說過，這個本子畫得非常可愛，這在我今天看過的本子裡排第一名。」

「有沒有畫出純樸的味道呢？

筆觸不會太洗鍊嗎？

看不看得出缺陷？

有沒有亮點？

還有……看了以後，可以肯定這是專屬於我的畫風嗎？」

「嗯，有純樸味，離洗鍊差得遠，並不完美，同時也相當亮眼。」

出海連對初次見面的人，都不識相地追問了這麼多……

即使如此，隔壁社團的那個女生並沒有發脾氣，還始終誠懇地回答。

「……不過，在這裡面，並沒有『專屬於妳的畫風』喔。」

而且正因為對方誠懇，就沒有把出海想要的答案直接告訴她。

「為什麼……？」

「那是因為……這種畫風肯定受了某個人的影響啊。」

「怎麼會！我花了好多工夫想消除那個人（柏木英理）的色彩……！」

「啊～～妳受到的影響大概不是來自那方面喔。」

「咦？」

「妳受了這個企畫、這篇故事、還有這個故事的作者影響……」

對方所指之處，有一行說明文寫著：「不起眼女主角培育法（暫定名稱）角色原案」。那是出海留下的字跡。

「呃，讓我談談自己的事好嗎？」

「咦……？」

「我啊，也在從事替故事搭配插圖的工作。」

對方並未推翻之前「沒有畫過圖」的說詞，就聊起了那個話題。

「不過呢，第一次接到工作時實在有夠慘的……無論故事的作者，還有幫忙引薦的中間人都斷然否定：『這只是畫得可愛的圖罷了。』」

「咦，那樣算否定嗎？」

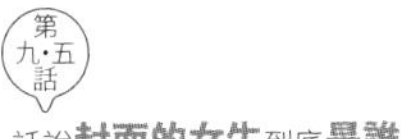

「……如果再多補充幾句，意思就是：『沒有和文章相互搭配，無法和故事產生相乘的效果，純粹只是一張圖。』」

「啊……」

因此，目前她提到的這些，在這裡純屬假設。

比方說，發生於其他世界線的事。

「坦白講，當時我完全搞不懂哪裡有問題……所以，我跟許多人談了這件事，請他們陪我商量，自己也拚死命地思考……」

「那、那麼……妳有找出答案嗎？」

「嗯，我找到了……雖然說到現在我已經不記得是別人點通我的，還是我自己想通的。」

「那、那妳的答案是……」

「……討厭啦，妳不是已經有答案了嗎？」

「咦……？」

「受到故事影響，向文章靠攏，然後將彼此魅力提昇數倍的能耐……」

而且，對方接著指了搭配角色設定的台詞範本。

『從今以後，我絕對會要你陪著我……一輩子喔。』

金髮女主角滿面笑容的表情樣式旁邊，有那句台詞範本坐鎮著。

「這張表情擷取了故事裡的一個場景，所以格外可愛，看了會心花怒放。」

對方像是要證明自己所言非假，說完就表情恍惚地望著出海的插圖仔細玩味。

「妳的圖好厲害喔……表情有夠可愛，讓這句台詞增色了好幾倍。」

「妳是說……我的圖受了這句台詞影響嗎？」

「否則角色的表情才不會這麼絕妙，我看了也不會變得想哭。」

接著，對方又像要證明自己毫無虛言，就把出海的本子緊緊地摟到了懷裡。

「何必改呢？讓畫風獨立有意義嗎？妳明明有這麼厲害的能耐耶。」

沒錯，對出海大為讚賞的隔壁攤主臉上，有著遇見心愛插圖的欣喜，還有發現寶貝插畫家的滿足感……

此外，也浮現了少許的嫉妒以及不甘心。

※　※　※

「看來妳好像找到解答了，出海。」

「嗯～～？」

活動結束後的回程路上。

在電車座位埋頭閱讀同人誌的出海旁邊，傳來了搭話的聲音。

把出海丟在社團攤位不予理會的伊織，和隔壁社團代表一樣都在外頭奔波，直到活動結束前夕回攤位以後，他也和隔壁社團代表一樣手腳迅速地完成收攤工作，如今則像這樣坐在出海旁邊的位子。

「畢竟我回來一看，就發現妳的表情放鬆不少了……妳有沒有和許多人聊過呢？」

「嗯，還好。」

「那麼，妳決定好自身的方向了嗎？」

「……勉強有。」

「是嗎，那太好了。」

起初得知要參加今天的活動時，出海實在不懂身為她哥哥的伊織在想什麼。

不，哥哥確實有下達要她「聆聽消費者的聲音以決定自身方向」的明確指示。

然而，說這話的人可是波島伊織，誰曉得他所說的有幾分實話。

伊織有什麼用意，又做了什麼樣的安排？還是他什麼都沒有思考？

到最後，事情是否有順著伊織的用意發展？或者對他來說是一場空？

「我不曉得好不好喔，也許這不是哥哥期待的方向。」

出海被「隔壁社團的助手」點通，才做出了「沒必要做任何改變」的結論，究竟這是不是她哥哥想要的呢……？

「那無所謂啦……出海，因為重要的是靠妳自己的意志做出覺悟這一點。」

「……我就知道。」

但是，到頭來哪個答案正確、哪個不正確，根本就沒有明確的解答。

出海一直在追求的解答，根本不具多大意義。

不，並非如此……

讓出海像這樣努力嘗試錯誤，抵達自己的結論，並獲得力量前進，似乎才是她哥哥的本意。

然而，唯獨今天，對於哥哥那道一如往常的壞心謎題，出海只能感激再感激。

她感激的，並不是自己照著哥哥的盤算才有所成長。

而是感激自己經歷了一段會留在心裡，留在記憶中的美好邂逅……

「話說回來，出海，妳從剛才就滿專心地在讀那本同人誌呢。」

伊織的語氣明顯含有逗弄人的意思，出海這才抬頭，還用有些怪罪的目光看他。

「哥哥，你之前怎麼都不說？原來隔壁社團就是嵯峨野文雄老師的『cutie fake』……」

「哎，我以為妳早就知道了……基本上從場刊一看就曉得了，而且只要打個招呼馬上就會認識吧。」

「我在開場前都忙著拿釘書機裝訂本子，根本沒空看場刊，等到想打招呼時，嵯峨野老師又早就賣完本子離開了！」

「好啦好啦，我也猜到大概會那樣，所以開場前就打了招呼，也幫妳交換到對方的本子了，這樣不就好了嗎？我剛才查了○-BOOKS，發現那一本的收購價是五千圓耶。」

「哎，那部分另當別論啦……唔哇！」

每次翻頁，多彩多姿的美少女便接連闖入出海眼簾，令她不得不一一發出感嘆之語。

在出海看來，今天會場中排第一名的肯定就是這個本子。

……雖然除了自己的本子以外，其他能比較的對象她一本也沒讀到就是了。

「不愧是最近竄紅的作家呢，嵯峨野文雄……換成在『rouge en rouge』的時候，我可不會放過這種人才。」

「你那樣做會被霞之丘學姊宰掉喔。」

「不不不，霞詩子自己也被朱音小姐挖角離開社團了，她哪有立場說我……」

「哥哥！」

嵯峨野文雄——

主宰社團「cutie fake」的插畫家。

就讀東京都內某間大學的大學生。性別：男（以上出自「cutie fake」網頁介紹）。

最近也開始往商業領域發展。

光榮的頭一項差事是《純情百帕》（著者：霞詩子）的插圖。

換句話說，目前在不死川Fantastic文庫，他就是霞詩子……霞之丘詩羽的搭檔。

「哎，照我今天和他本人講話的印象來看，他的個性和我滿類似，我實在無法相信那樣會跟霞詩子合得來就是了。」

「啊～～……沒錯。」

……此外，據說他在私生活方面十分好女色，常常和多名女性交往，而且女朋友之間糾紛不斷（以上情報來自2〇h同人版）。

「真的，只能說人不能看外表呢……那個男的怎麼看都沒有御宅族素養，感覺活像個人渣，沒想到居然能畫出這種可愛到極點的圖。」

「反正性格或者私生活，都跟能力沒有關係吧。」

「哎，或許是啦……」

儘管出海試著幫對方說話，不過，其實她內心仍然和伊織一樣，始終覺得不對勁。

然而，那並不是針對見都沒見過的「自稱嵯峨野文雄的男大學生」，基本上出海的疑心更加源自於本質，或者可以說，那算是異想天開的假設……

「『真正的』嵯峨野文雄，到底是『哪一邊』呢……？」

「呵呵……」

不過對出海來說，那到底是無關緊要的。

無論「隔壁社團的女助手」真實身分是什麼，她所說的話為出海指出了道路，依舊是不折不扣的事實。

「欸，差不多該換我看了吧，『cutie fake』的新刊。」

「不要，我不會把這個本子交給其他人了。我要永遠保存起來！啊，不過我會拿去跟倫也學長炫耀。」

「……那是我要來的本子耶。」

「你是用我畫的本子跟對方換的啊！」

此時她大概也收到了哥哥不經意地到手的，由出海畫的本子了吧？

還有，她會不會像現在的出海一樣硬從哥哥那裡搶過來，還讀得如痴如醉呢？

「呃，那個，惠，現在是要……」

「車票給妳。離發車還有段時間，不過我們先過驗票閘好了。」

「咦？嗯，好啊……」

「還有行李。英梨梨，我來幫妳提一個包包吧。」

「啊，不用啦，反正這些都是我自己的東西。」

「誰教妳帶了這麼多東西，妳的另一個包包還裝了畫架，對不對？」

「那、那是因為……妳說這趟旅行會在外集宿……」

「我並不希望看妳客氣或畏畏縮縮的耶。」

「抱、抱歉。」

「……總之，我拿這邊的包包喔。那我們走吧，英梨梨。」

「唔嗯，好……」

而且每次開口，英梨梨都格外地低聲下氣，或者應該說，她就像被蛇盯上的青蛙，只能愣著讓金髮雙馬尾晃來晃去；相對地，惠像條蛇一樣……啊，沒有，態度算是跟平常差不多的她押著英梨梨……呃，不對，領著英梨梨走了。

不曉得背後因素的外人只看她們這樣互動，大多會覺得英梨梨的態度不對勁才是。

然而，要是深究當中的隱情，其實英梨梨擺出這種態度有其充分的理由，或者應該說，事情在所難免會變成這樣……

※　※　※

「…………」

「…………」

「那、那個，惠……」

「……嗯～～？」

「住宿費和車票錢，我付給妳，多少錢？」

「集宿完以後再一起算，現在不用。」

「是、是喔……」

「……天色轉陰了耶。」

「對、對呀。」

「到那邊不知道能不能放晴。」

「希、希望會啦。」

「嗯，就是啊。」

參加者（預定）：澤村英梨梨、加藤惠

集合：六月▲日（六）上午九點〇〇分　東京車站長野新幹線驗票閘前

若能請您在出發前一天的週五以前通知可否參加，便是甚幸。

※　※　※

英梨梨聽了惠所說的話，又打開自己的收件匣，審視那封好朋友睽違許久寄來的訊息。

……大約有兩個月連話都不肯講的前好友，在三天前忽然寄了這封超級一板一眼又莫名其妙的信，從英梨梨的立場來想，她會擺出這種青蛙般的反應也可說是情非得已。大概……不，肯定有道理。

※　※　※

「那我做了三明治帶來，英梨梨，妳要不要一起吃？」

「謝、謝謝。」

過了發車時間，等她們順利坐上新幹線的座位，位子靠窗邊的惠立刻就從自己包包裡拿了裝早餐的包裹出來，然後遞給英梨梨。

惠準備的餐點是三明治，關於當中有沒有什麼隱喻，這種太過迂迴的考察可以先擱一邊……呃，惠因為昨晚睡不著，只好在今天早上五點起來做那些早餐，英梨梨則依舊客氣地將那拿起，然後送進嘴裡。

「……嗯，好吃。」

「是嗎？」

蛋的柔和滋味與嚼感，在英梨梨口中擴散開來。

「好懷念喔，是惠做的菜。」

「…………」

然而，直到半年前，那都是她享用得有如理所當然的東西……

社團每個月絕對會挑一個週末在安藝家舉行活動。

每次英梨梨都會氣得暴跳如雷，詩羽則是平心靜氣地數落，後來又有美智留悠哉地彈吉他。

在那種熱鬧而缺乏成果，活脫脫就是社團活動負面範本的時光當中，大家之所以有機會稍微鬆口氣，都要歸功於不知不覺中消失蹤影的惠，還有她在不知不覺中幫大家準備的，某種意義上可以說是不懂看場合的宵夜。

「英梨梨，像妳就喜歡吃炒麵對不對？」

「雖然我真正喜歡的是碗裝速食炒麵啦……不過惠做的炒麵也跟速食的一樣好吃。」

「……妳那樣說是想稱讚我對不對？」

※　※　※

「從天色看來，感覺還是會下雨耶。」

「嗯……」

「哎，沒辦法，現在是六月嘛。」

「對啊……」

「…………」

「…………」

隨著新幹線往西方駛去，天空變得越來越暗，天公現出好似要掉淚的樣貌。

而且，彷彿受了天色牽引，理應好不容易才抓到機會交談的兩個人，又變得越來越少話。

「欸，英梨梨。」

「怎樣？」

「聊些什麼吧。」

「咦……」

「隨便找個話題啊。」

結果，惠先對那樣的氣氛感到排斥了。

即使如此，從她不打算自力打破僵局這一點，看得出覺悟似乎還不夠……應該說肯定還沒有做出覺悟。

「可、可是……」

「可是什麼？」

然而從英梨梨的立場看來，在這種狀況下，她當然也沒辦法說聊就聊地輕易打開話匣子。

呃，實際上以常識來想，幾乎就可以肯定惠企劃今天的集宿是為了和解。

即使如此，英梨梨仍缺乏主動積極地溝通就能解決問題的自信。

因為……

「誰教妳一生氣就會變得超恐怖，還會一直記在心裡。這些都是倫也跟我說的……」

「…………我才不恐怖喔，我沒有生氣喔，英梨梨～」

「不然妳怎麼停頓那麼久！」

「呃～那是因為～我有一些想法～」

然後，惠對於英梨梨表示害怕的發言，則是硬生生地忍住了有如江戶黑豹般熊熊燃起的英雌怒火，還用比平時更加僵硬的表情與平板語氣設法安撫英梨梨。

「……抱歉，惠，還是妳來找話題吧。」

當然，那造成了強烈的反效果。

只不過，若要幫惠說話，其實她氣的並不是英梨梨那些只會讓狀況更糟的粗心發言，而是氣無心地將負面印象深植在英梨梨意識中的情報來源（安藝倫也），特此註明。

唉，即使將以上的補充資訊轉達給英梨梨，八成也無法減緩她的恐懼就是了。

「那就由我……不過，先讓我整理一下要說什麼。」

不久，惠這才下定決心，一邊用認真的臉色朝半空望了片刻，一邊從差點脫口的眾多話語中選了相對溫和的內容，然後斷斷續續地開始訴說。

「英梨梨，之前我生妳的氣，確實並沒有道理。」

「惠……」

「我沒有考慮到妳的狀況，擅自用自己的想法去解讀，把妳當成壞人，還擅自怪妳，擅自哭泣，擅自和妳絕交……」

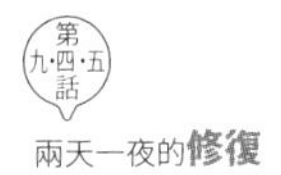

然後，伴隨著自嘲的苦笑，她否定自己這頑固的兩個月。

「回想起來，我還是覺得自己很差勁，妳說對吧？」

「才沒有那種事，妳根本沒有不講理的地方……」

惠那些溫和得令人心疼，溫柔到竭盡心力的話語，反而為英梨梨帶來椎心之痛。

「惠，任何人都明白，這是我單方面的錯。」

畢竟英梨梨多少有覺悟遭受責備，卻沒有覺悟聽惠責備她自己。

「可是英梨梨，身為創作者的妳只是想奮鬥而已，身為插畫家的妳，只是希望讓自己更加成長。」

即使如此，惠沒發現英梨梨心裡有那樣的痛，還進一步怪罪自己，結果，便傷到了英梨梨。

「我嫉妒拚命努力的妳，還產生被妳背叛的感覺，以創作者來說是理虧的，對不對……？」

「惠，別說了！妳不要那樣怪自己……」

「不，是我理虧…………不過，前提終究在於，假如我是創作者。」

「……咦？」

惠所說的那些話語，聽起來像是用自嘲傷害自己……

然而，反過來說，那就是猛烈反擊的序曲。

「然而，我又不是創作者，我只是個普通人。」

「惠？」

「我既沒有才華，也不打算努力，頂多只能從旁幫忙或加油。」

「請、請問～～？」

「所以，得知妳突然離開社團，甚至把霞之丘學姊拖下水，還背叛倫也以後，我就覺得無法原諒妳，而且心情到現在都還沒有整理好……」

「啊啊啊啊！」

「何況，妳裝成有反省的樣子，結果卻自己變得越來越厲害，妳就是拋下了我們，只顧自己向前進……！」

「惠，冷、冷靜一下……好不好？」

「之前妳為新遊戲畫的主視覺圖是怎樣？妳秀了那麼棒的圖出來，我和倫也都沒有立場說話了啊。」

「欸，話怎麼可以那麼說？我是希望妳看了也會高興才拚死拚活畫的耶，結果妳的感想卻是那樣？」

「我辦不到耶，看了以後，我不會有互相加油的念頭。英梨梨，我跟不上妳，我不懂妳在想什麼……哎，光是回想就覺得眼淚快出來了……！」

「奇、奇怪？可是等一下喔。惠，妳從剛才就若無其事地叫他『倫也』耶！我肯定妳有叫他『倫也』喔！」

「…………………我沒有那樣叫他喔，那是妳的心理作用喔，英梨梨～～」

就這樣，總之對雙方來說，這趟旅行寫下了相當糟糕的開頭。

※　※　※

「…………」

「…………」

儘管兩人在車廂內相處過好一段時間，爭來爭去到最後，幸虧她們還是找回了在東京車站時的距離感，之後更是沒說多少話就到站下車，再轉搭巴士……

「終於到了呢。」

「嗯。」

她們再次來到半年前，所有社團成員一起造訪過的山丘。

「……雨下得好大。」

「嗯……」

然而，半年前放眼望去盡是紅葉美景的那塊地方，如今只看得見傾盆降下的雨還有雲。

原本在這個時期，應該能遠望新葉抽綠的群山，飄下的烏雲卻蓋住一切，想窺見地形原貌，除了仰賴記憶以外別無他法。

惠與英梨梨望著連半徑一百公尺內都看不透的那片白茫景色，一邊用傘勉強擋掉從天而降的猛烈雨勢，一邊愁眉苦臉地佇立不動。

「看來沒辦法素描耶。」

「哎，以今天來講是不行。」

裝著畫架的包包肩帶伴隨徒勞感，沉沉地壓在惠的肩頭。

「而且比想像中還冷呢，英梨梨……」

「我們是不是太小看山上了……？」

還有，兩人身上的輕裝似乎是以六月都會區為準，在山區低氣溫和雨勢的雙重打擊下，體溫正逐漸受到剝奪。

還有還有，劇烈雨聲打在傘面上，尤其讓惠情緒低落。

她心想：我們來這種地方做什麼呢……？

只為了和好就靈機一動，企劃了兩天一夜的旅行，還匆匆忙忙地做準備。

惠苦苦拜託在旅行社上班的姊夫幫忙訂旅館，自己則在放學後訂了兩人份的車票。

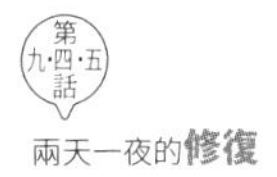

不惜如此花了對自己來說為數可觀的一筆錢帶英梨梨出門，然後就碰見了像這樣下著雨什麼也看不著又冷颼颼的山上……

「妳覺得呢，英梨梨？現在就去旅館嗎？要登記入住還早就是了……」

「惠……」

英梨梨凝望惠明顯消沉的表情。

「不過，我們待在這種地方也沒有意義嘛。不對，何止沒意義，說不定還會感冒。」

惠的表情依舊淡然，說不上情緒豐富，然而透過那消極性質與先前不同的話語和態度，英梨梨甚至能感受到絃外之音。

絃外之音說的是：「為什麼，會變成這樣呢？」……

「為什麼，會變成這樣呢……？」

解讀的內心話被直接說出來讓英梨梨失去立場這一點暫且不提，惠那陣幾乎聽不見的細語，讓英梨梨將頭搖了兩三下，然後再次望向被雲層籠罩的白茫山巔。

可是放眼望去，那裡依然沒有絕景，負責替《寰域編年紀XIII》美術操刀的英梨梨就算想找堪用的景觀，比方說戰鬥場面……

「……不對，假如有奇襲的劇情呢？」

「咦？」

「從山的另一邊，有敵人的大部隊逐步逼近……人數多到能蓋過山頭的士兵正在列隊。」

「英梨梨？」

「相對地，主角這邊就算把隊伍成員和我方部隊集合在一起，兵力仍不滿敵方的一成……」

英梨梨嘀咕到這裡，忽然就閉上眼睛，在腦裡描繪出半年前所見的群山景象。

不，還加上黑壓壓地蓋過群山及紅葉景致的眾多渺小人影。

幾秒鐘以後，等她再度睜開眼睛，分不出是雲還是霧的白茫屏障依然在那裡，將過去的景象通通遮著。

「……我有靈感了。」

「啊，等一下……」

英梨梨接著採取的行動相當迅速。

……而且有勇無謀。

「惠，抱歉！幫我拿傘！」

「咦？咦……？」

她把自己的傘推給惠，也不管會被雨淋濕，就拿出畫架開始組裝。

這樣一來，惠只能用兩手拿傘，一支為自己遮雨，另一支則是幫英梨梨撐著，隨後，她自然而然就一直盯著英梨梨的動作。

英梨梨將畫架組裝好以後，便把素描簿放上去，然後飛快地用鉛筆開始作畫。

即使紙被打濕，線條因而中斷，她也都不管，應該說她似乎連那些都沒有注意到，仍然專心一意地逐步量產線條。

儘管英梨梨好似突然接收到某種啟發的模樣，讓惠感到困惑……

不過，惠立刻理解英梨梨目前要的是什麼，原本替英梨梨打的傘，就朝著素描簿那邊多湊了一些過去。

於是英梨梨本身的金髮被雨打濕了，但她絲毫也沒有放在心上，只顧著將腦中的畫面具現成形。

素描簿上不知不覺地浮現出高原的一座座山峰。

目前這裡看不見的絕景，正以黑白兩色呈現在那張紙上。

「哇啊……」

惠看了那副景色完成的模樣，發出感嘆之聲。

然而，英梨梨似乎還是連惠的評價都完全沒聽見，她改成將鉛筆平拿，不再使用線條，而是用薄薄的墨色逐步掩蓋群山。

「咦，為什麼要塗掉呢？」

「因為這是奇襲啊。」

「好不容易畫好的山會消失耶。」

「看不見就要塗掉，這是當然的吧。」

根本說不通的對話進行到一半，英梨梨仍沒有歇手，畫好的群山逐漸被她用淡墨般的淺黑色覆蓋。

那就像畫中的山峰不知不覺地讓雲朵飄到上頭，隨後霧氣籠罩，不久便下了雨……

「啊……」

「在寡不敵眾，感覺毫無勝算的戰役中，趁夜色或濃霧來個大逆轉，對戰爭故事而言算是既經典又熱血的情節吧。」

「妳是指……」

接著，英梨梨從雲層覆蓋的遠山拿開鉛筆，開始在隱約留有輪廓的近處山丘畫出景物。

在雲氣濃密的山中，看不見敵影的士兵持續以秒單位增加。

有人胡亂揮舞劍或長槍，有人開始誤傷友軍，還有人潰敗在終於開始從畫中現身的主角隊伍手下。

「嗯……感覺不錯！接著只剩按照這個情境把故事套上去。」

「咦，這個場景的劇情還沒寫好嗎？」

「那還用說，畢竟這是我剛才想出來的場面啊。」

「那樣……沒問題嗎？」

「當然沒問題……寫劇情的可是霞之丘詩羽喔。」

「啊……」

此時，惠終於理解了。

目前英梨梨一邊畫這個場景，一邊在交談的對象，並不是她。

「反正等我把這張圖拿給她看，她肯定又會咕噥：『別擅自亂加劇情。』然後照樣可以寫出讓這個場面完美發揮的文章……還不忘順便要求我多畫幾個場面。」

惠理解到，讓英梨梨像那樣帶著稍嫌挖苦的語氣，卻又一臉開心地聊得生龍活虎的人，並不是她。

「惠……謝謝妳帶我來這麼棒的地方取景。」

「……嗯。」

英梨梨之所以有這些出奇的舉動，都是為了替惠打氣，對此惠也心知肚明。

惠再明白不過，英梨梨是為了告訴她：這次集宿並沒有白費，她們有必要來，而且會玩得很開心。

「…………」

聊不開的對話，動得不多的筷子，無法熱絡的氣氛。

如此難受的狀況，讓英梨梨充分感受到兩人出遊搞壞氣氛是多麼的絕望，還切身體認了所謂成田離婚存在於社會的理由。

「唔……惠，妳、妳聽我說！」

「嗯？什麼事，英梨梨？」

因此，當火鍋咕嘟咕嘟地煮滾卻遲遲沒有人開動，就這麼過了三分鐘以後。

「有哪裡做錯的話，我會馬上改！被妳糾正，我當場就會注意！」

「咦……」

「所以，妳把話說清楚嘛……告訴我，我是什麼地方不好？」

英梨梨下定決心，將瓦斯爐的火關掉，然後臉色哀戚地望著惠。

「英梨梨，妳並沒有什麼不對。只是我真的覺得累了……」

「我又傷到妳了，對不對？所以妳才覺得難過對不對？」

「…………」

惠沒有將英梨梨的那張臉孔納入眼簾，只想相安無事地應付掉這個場面。

可是，這次英梨梨並未坐視她那樣的態度。

「是我在雨中拖著妳到處走不好嗎？還是我一個人沉迷於畫畫不好？」

「妳沒有什麼地方不好，妳並沒有錯……」

「其實我應該從氣氛就要察覺的……不巧的是，我對這方面似乎很遲鈍。」

「英梨梨……」

如果讓青梅竹馬（倫也）來發言，那是英梨梨從八九年前就懷有的性格問題。

「不是那樣，不是那樣喔……英梨梨，妳做了正確的事情。」

因此，英梨梨有這麼長的期間都一直交不到「真正的朋友」，只能把創作當成心靈依歸。

「妳想彌補我的失敗，妳努力想讓這次集宿有意義。」

「既然如此……惠，為什麼妳會那麼沮喪？」

「因為……我是在自我嫌惡，這不是妳害的。」

「妳是指……？」

「剛才，在妳畫畫的時候，我冒出了一種想法……我好討厭妳就這樣逐漸遠離……」

「唔……」

可是，正因為英梨梨只把創作當成心靈依歸……

她面對任何問題，都只能「用創作解決」。

英梨梨只能靠自己的才華，來讓對方屈服。

「我明明和倫也約好，一定要跟英梨梨和好的……真不甘心。」

火鍋的熱氣消退，房間裡逐漸冷了下來。

「原來，我自己是個這麼負面的人……真討厭。」

房間裡響起的，唯有平淡依舊，所傳達的哀傷卻足以令人心痛的沉穩嗓音。

用於打破僵局的蠻勁，就這樣輕易被化解，氣氛瀰漫著無力感……

「不然……………要怎麼做，才能讓妳感受到我就在身邊？」

即使如此，英梨梨終究選擇往前進。

她想用自己的力量讓惠信服。

「惠，要怎麼做，妳才肯跟我和好？」

因為英梨梨別無他法。

「妳不必做什麼，英梨梨。因為妳沒有任何錯……」

「那無所謂！不管我有沒有錯，我的意思就是要改掉自己身上讓妳討厭的地方！」

「……那是辦不到的喔。」

「為什麼！不試又怎麼曉得……」

「英梨梨……因為我真的希望妳回來社團，我想再和妳一起做遊戲。」

「啊……」

「但是，事到如今，任誰來想那都是行不通的。畢竟這是個天大的機會，所以妳背負著天大的責任，何況這是妳煩惱又煩惱才選的路。所以，我也一定會反對要妳遷就我。」

然而，英梨梨用的那種蠻勁，力道既強又單純，因此輕易地就像這樣把自己逼到了絕路。

「所以嘍，到頭來還是死路一條。對不起。」

惠隔著桌子朝英梨梨低頭賠罪。

「惠，那以後……我一輩子，都沒辦法跟妳和好了嗎？」

「怎麼可能會有那種事……只是，我希望有多一點時間。」

餐點和房間都變得越來越冷，像白天籠罩山頭的烏雲那樣，整個房間裡瀰漫著沉重氣氛。

「……我不要。」

在重重糾結的氣息下，英梨梨仍想靠蠻勁強行突破。

「假如不能現在就得到妳原諒，那我才不要。」

淚水積在她眼裡，不只如此，還撲簌簌地落下來。

無論失敗幾次，被扳倒幾次，學不乖的她還是會繼續衝撞。

「我不要，不要，不要就是不要～～！」

「英梨梨……」

英梨梨至今仍不曉得，她那種不死心的性情，正是讓惠羨慕且絕望的強處。

「唔，嗚嗚……噫，嗚啊……」

「好了啦，英梨梨……」

「嗚……」

惠用手帕幫英梨梨擦眼角。

「對不起，對不起喔，英梨梨。」

即使被英梨梨用激情衝撞，她依然沉穩溫柔，像是要包容那一切。

「可是呢，只有這一點，我不能讓步。」

儘管她正在做的，簡直是意義完全相反的事情……

「畢竟，我們是好朋友，我最喜歡妳了。」

「惠……」

「所以，我才不能用妥協的態度和好。什麼都沒有解決卻要對彼此笑，我做不到。」

「嗚啊啊啊……」

隨著惠所說的那句話，從英梨梨眼中，又湧出了淚水。

「聽我說，英梨梨……」

或許，惠是被英梨梨那種始終如一的真摯，被那種既堅強又脆弱而且純粹的固執打動了，也或許她有別的理由。

惠再度用手帕抵著英梨梨的眼睛，同時，又試著多往前一步。

「待會兒還是請妳陪我一起去洗澡，好不好？」

※　※　※

「…………」

「…………」

片刻過後，等到兩人走進露天浴室門口時，雨也幸運地停了，從密實雲層稍稍散開的那塊地方，月亮正顯現出朦朧輪廓。

英梨梨一泡到澡池裡，就嘩啦嘩啦地先用熱水洗了好幾次紅腫的眼睛。

接著，惠悄悄地從那樣的她旁邊踏進澡池，然後仰望只有顯露幾許的月色，緩緩地歇了一口氣。

她在澡池裡將腿伸開，背靠著岩石，徹底放鬆全身的力氣。

藉此，惠想將今天一天，身體感受到的寒冷與疲憊，還有內心的難過與疲倦，都溶入那溫暖的浴池池水當中。

「欸，英梨梨……」

「……怎樣？」

「果然好舒服耶。」

「我就說嘛。」

像這樣讓熱水包裹住身體……

好比血液從得到溫暖的血管流過，內心也會想起積極正向的念頭，也許原本一直無法相通的心意，說不定又會接到一起，

「欸，英梨梨……」

「這次又怎樣了？」

「妳為什麼會下定決心離開倫也呢？」

「…………我又沒有離開他。」

於是那積極正向的念頭，為雙方帶來了前進的力量，還有新的摩擦。

「妳離開了。至少，妳肯定有傷到他一次。」

「那邊我已經成功和好了嘛，倫也原諒我了嘛。」

「那樣不算和好喔，倫也只是單方面認同妳下的決心。」

「唔……」

「現在你們倆的關係看起來復原了，是因為倫也願意當妳的信徒。」

不過，惠當下敢於在摩擦中前進。

她和英梨梨一樣，展開攻勢了。

「欸，我問妳喔，惠……」

「怎麼樣？」

「呃，我是為保險起見才問的……妳現在之所以生氣，之所以不能原諒我，原因真的在倫也身上嗎？」

「…………怎麼會啊。」

就英梨梨的感覺，這句否定含有無法分辨是不是有鬼的微妙延遲。

「話、話說回來，惠，妳從什麼時候開始叫他『倫也』的……」

「啊～～現在不必提那件事。」

「可、可是妳剛才說過，妳『不會用妥協的方式』和好……」

「……事情要有先後順序喔。」

「先、先後順序？」

「是的，先後順序……我們之間，還有許許多多的問題要解決才可以。」

「惠……」

那麼，等順序輪到時，要談的會是什麼呢？談完以後，兩人之間會發生什麼……？

可以當成不安，也可以當成期待的茫然疑問，就那麼緩緩地沉澱在英梨梨心裡了。

「英梨梨……以後，妳想變成什麼樣呢？」

「妳是指什麼？」

「妳的目標在什麼地方？那是無論如何都要離開社團才能抵達的地方嗎？」

用手舀起的熱水，從指縫流落。

惠做的動作有什麼含意，英梨梨應該不會了解才對，然而……

即使如此，英梨梨仍做了深呼吸，思考措詞，然後慎重地開口……

「我想成為第一。」

接著，她果然還是一鼓作氣進攻。

「或許……那並不是繪師都會追求的目標。還算有人認同，工作還算做得來，過得還算開心就能滿足的繪師，或許也多得是。」

「我倒覺得像妳說的那樣，把畫畫當興趣的人會更多就是了。」

「可是，所幸我有機會能窺見再上面一點的世界……不對，我就是看見了。」

在販售會一路往上爬，成為牆際社團。

在商業領域，頭一項工作就拿下了為人氣ＲＰＧ設計角色的大差事。

任誰來看，現在的英梨梨都已經不是「憑興趣開心作畫的同人插畫家」了。

「而我也開始看見比自己更高的地方有什麼東西、什麼樣的人。所以，我心裡的目標變得比那更高了。」

英梨梨對於教她那一點的人（紅坂朱音），根本沒有感謝之意。

她只懷著怨忿、憎恨還有「自己遲早要打倒對方爬上去」的強烈意志。

「我不被逼迫就沒辦法奮鬥，有安逸的心理就沒辦法進步。」

那是英梨梨在去年冬COMI前「惡夢般的一週」，還有今年初「幸福的兩個月」體認到的。

她被截稿日逼得不惜病倒也要畫完的，是堪稱神來之筆的七張劇情事件圖。

然而，後來畫新包裝圖接到「要等多久都可以」的指示，頓時讓她的畫技一度變得無法超越那七張圖，連讓水準持平都做不到。

「對如此軟弱的我來說，『blessing software』太像樂園了。」

身為插畫家，她留在社團裡，變得無法再成長了。

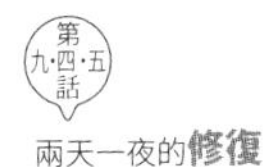

「可是，可是英梨梨……妳拋棄樂園去追求的『第一』……也許在那裡的並不是天國，而是地獄耶。」

「……或許吧。」

這時候，英梨梨臉上露出的笑容，有那麼一絲自嘲……

「不過，萬一那裡是地獄，下次我就會把天國當目標。看是要換別的方向前進，或者沿同一條路走得更久更遠。」

而且，還帶有挑戰的味道。

「像妳那樣，將目標定得越來越高……然後，等到妳成為第一，接下來要怎麼辦呢？假如願望實現了，妳會變成什麼樣呢？」

「討厭啦，惠……我哪有可能達成那個目標嘛。」

「咦……？」

有如打禪機一樣的問答，不知不覺地讓惠連先前留在心裡的疙瘩都忘了，還用由衷認真的表情面對英梨梨。

「所幸呢……繪師的世界裡並沒有絕對的第一存在。」

而英梨梨也不知道把先前快哭的臉忘在哪裡，露出了像是孩子在作夢，又像大人充滿自信的表情。

「即使被評為第一，即使賺到最多錢，到最後總會有更高的境界在上面，也還有其他類別可以選。無論要往上比，還是要轉換跑道，無論怎麼選，前方都有無邊無際的目標能挑戰。」

「妳說的前方……是哪裡？」

「這個嘛，總之我當前的目標是……先讓世上的區區幾人（你們幾個）認同我是『世界第一的插畫家』。」

而且，不只英梨梨的表情，連她的話語都帶著孩子般的無邪稚氣……

「然後……我就會再一次回到那區區幾個人的身邊。」

同時，又兼有大人般的堅強意志。

「我要當上世界第一、業界第一，還要跟最棒的伙伴們一起得到幸福……」

「那才是紅坂朱音絕對無法企及，

而且在我超越她以後，所要站上的巔峰。」

「因為這樣，我的目標是無比高遠的。」

現在，我是不能停下來的。」

「所以，對不起……

惠，我當不了妳心目中想要的英梨梨。」

「不過……

惠，我絕對不會放棄妳，還有你們。」

「……我啊，要當上世界第一厲害，

外加世界第一幸福的插畫家。」

「……希望妳的願望會實現，英梨梨。」

「當然會啊，這還用說。」

英梨梨那段太壯闊，太荒謬，太方向錯亂……

而且也太美好的大話，隨著溫暖的浴池池水滲入了惠的全身。

儘管那就是先前處於「創作者模式」的英梨梨不會錯。

然而，對於惠來說，那一點也不是讓她感到「排斥」的英梨梨了。

※　※　※

「…………」

「…………」

漫長的入浴時間結束，等兩人躺進被窩時，日期早就已經變了。

日光燈被關掉的房間裡，只點了燈泡當夜燈，讓昏暗的房間保有一絲橘黃。

「欸，惠……」

「嗯？」

「妳睡了嗎？」

「……還沒。」

兩人都明白，當那句「妳睡了嗎？」得到回覆時，問題本身就沒有意義了。

不過，無論問的那一方或答的那一方，如今都不會介意那種細節，從她們的對話中可以感受到那樣的溫暖與默契。

「我們洗澡的時間選得正好呢。」

「嗯……」

一度停止的雨再度下起，淅瀝瀝的雨聲從外頭鑽進房間。

淅瀝雨聲混進悄悄話當中，對現在的兩人來說，房間裡成了十分安詳的空間。

「欸，惠……」

「這次又怎麼了？」

「早上醒來以後，是不是一切都會恢復原樣？」

「……『一切』指的是什麼？」

「…………」

對於英梨梨期待的回答，惠完全有把握。

然而她也有把握，現在要說出：「嗯，是啊，英梨梨。」這樣的標準答案還太早。

「並不會全部恢復原樣喔。英梨梨，妳也有不希望恢復原樣的部分吧？」

「比如什麼呢？」

「比如說，下定在商業領域努力的決心，妳不會想恢復原樣吧？那麼強烈的覺悟並不能當成沒發生過，對不對？」

「……是喔，原來妳是這個意思。」

英梨梨也曉得，那不過是惠編出來的歪理。

惠知道她想要的「原樣」僅限於小小一部分，為了保留對於那部分的回答，惠的說詞純屬權宜之計，對此英梨梨心知肚明。

「還有要回到哪一段時間才算恢復原樣，也是個問題呢。」

「哪一段嗎……」

那也是惠編出來的歪理。

英梨梨冀望的「原樣」，是在冬COMI之前，她們倆認識之後……更進一步地說，惠明明曉得那是指她們對彼此發誓友誼長存以後……

「比如……回到九年前，妳覺得怎麼樣？」

「妳是說……」

即使如此，惠還是像這樣隨便定下時間……

不，她定的時間聽似隨便，但其實正中要害。

「妳後悔嗎？對於自己『第一次』背叛倫也……」

這表示，按照先後順序，接下來她們要開始面對「不解決不行的新問題」了……

「欸，惠……我、我從剛才就想問妳，妳怎麼會叫他『倫也』……」

「……這沒什麼好奇怪吧？我們是同一個社團的伙伴啊。」

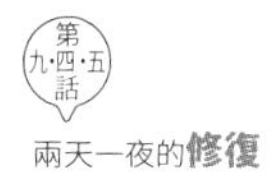

「可、可是，以前妳一直都叫他『安藝』……」

「不過妳從當初認識他的時候就……呃，以前妳是叫他『小倫』對不對？」

「……咦？」

「英梨梨，妳是因為妳媽媽那樣叫他，所以才跟著模仿的嘛？」

「妳、妳怎麼曉得……」

「妳當初認識倫也的時候，還曾經跟他大吵一架對不對？因為他當時很過分地說妳是『住在坡道上的吸血鬼』」

「欸……等一下喔。」

「不過那次吵架帶來了契機，讓你們一下子就成為好朋友，兩個人變得總是在一起。」

「叫妳等一下啦！」

「後來，在你們意外絕交以後，妳一直都沒有直呼他的名字，等到考進豐之崎，妳才久違地跟他講話……」

「欸，為什麼？惠，為什麼那些事情妳全都曉得？」

「啊～～不要緊不要緊，這純粹是我們遊戲裡的故事劇情，與實際存在的人物、歷史並無任何關聯……」

「你們到底發生過什麼啦啊啊啊啊啊～～！」

梨（暫定名稱）劇情線文本。

「這、這篇、這篇故事，是、是是是在寫我……」

「我說過了，這與實際存在的人物、歷史並無任何關聯……」

「難道倫也前陣子找我聊以前的回憶，就是為了這個……！」

「啊～～關於那一點，我要以社團副代表的身分向妳致歉……」

「怎麼會……怎麼會～～……」

「……抱歉，如果讓妳受到刺激，我認真向妳賠罪。假如有什麼意見，我都會聽。」

惠說完，就改掉了之前輕浮的態度，並且表情嚴肅地對臉色蒼白的英梨梨低頭。

「就算是那樣，由妳負全責也讓人覺得亂討厭的……」

「妳不用介意啊。我又不是心不甘情不願地在道歉，而是真的覺得自己有責任……」

「我就是討厭妳那種深刻的調調！妳從什麼時候開始像那樣挖心掏肺地幫倫也撐腰了！」

然而，壞就壞在再沒有比惠那種認真的態度更能觸怒英梨梨的了……

「但是『職稱：女主角』就是這樣的啊？本身的言行舉止通通要讓人審視，還老是被當成搞笑的材料，無論自己的想法是對是錯，在劇情中都會被逼著和男主角戀愛，被迫講丟臉的台詞，有時候還不得不跟男主角親熱……我是指上演秀恩愛的戲碼……」

「不要把自己也講成迫於無奈的苦命人來逃避責任啦！」

「所以我才說我會負起全責……」

「明明就不是妳的責任，妳不要擺那種正房的嘴臉啦！」

「那我該怎麼做……？」

無法讓英梨梨息怒的惠沒轍了，找不到地方出氣的英梨梨也沒轍了，雙方依舊談不出共識，氣氛變得越來越糟。

「吼～～我受夠了！這種劇情我讀不下去！但是在這種情況下又不可能入睡！啊啊啊啊啊～～！」

「可是我覺得妳沒讀到最後，也會留下後悔耶……」

「哪有什麼好後悔的！這種劇情跟廣發床照報復前女友或出書爆料有什麼不同！」

「哎，妳要那樣講，我也無話可說。」

「回話啦！」

「那我舉一個不同的地方就好……這是賣萌的遊戲喔。」

「那、那又怎麼樣……」

「簡單說，就是有幸福美滿的快樂結局喔。」

「……咦？」

英梨梨哭了，因此她對這篇劇本的評價，就被推導出是兩種方向當中的一種了。

假如劇情內容沒有深掘到英梨梨的過去或內心，卻能讓她哭出來，那神作之名非它莫屬。

反過來說，假如英梨梨覺得劇情無聊，卻還是哭出來，那肯定是故事太過活靈活現地反映出她的內在所致。

……順帶一提，假如同時滿足了以上兩種論點……對英梨梨來說，那會是多麼沉重而寶貴的故事呢？

「英梨梨，如果妳現在還是無法容忍這篇故事，我就會照約定負起責任，將內容砍掉。」

「就、就算妳和我約好了，社團代表兼劇本寫手（倫也）也不可能會答應……」

「不，我會讓倫也點頭。我保證。」

「我就說嘛，為什麼妳要那樣自信滿滿地強調你們兩個會一條心啊……」

英梨梨耍脾氣的舉動中，夾雜著比之前多的嬌縱。

大概是被這篇故事推了一把，才讓她有勇氣表露自己。

還有，該怎麼形容好呢……或許也是因為她對仍不肯退讓的好朋友抱有「同理心」，才會出現這樣的反應……

「然後呢，其實我還有一件事要商量。」

「妳羞辱我到這種地步，還想叫我做什麼嘛……」

「這篇劇情其實缺了一小段內容，妳有沒有發現？」

「……完全沒有。」

「其實呢，裡面缺的就是這個女主角跟另一個女主角和好的場景……」

「所以我才說完全沒發現嘛……」

遊戲新作《不起眼女主角培育法（暫定名稱）》當中，在澤村英梨梨（暫定名稱）的劇情線裡，會有這款遊戲的第一女主角叶巡璃出來扮演要角。

她們倆是在遊戲開頭認識，中間經過迂迴曲折才變成好友，到了後期就會為英梨梨（暫定名稱）的夢想……也為了男主角而決裂。

儘管在英梨梨（暫定名稱）劇情線的結局裡，雙方失和的原因全都化解了，男女主角也可喜可賀地結為連理讓故事落幕。

可是由於劇本寫手想像力不足，在一連串劇情中，唯有她們倆和解的場面到現在仍未完成。

「然後呢……其實只有這部分的劇情，是由社團副代表兼劇本副筆來負責喔。」

「惠……難道妳是想……」

到最後，對於這篇劇本的內容算不算虛構，她們倆同樣沒有做出結論。

不過對「blessing software」、還有對她們倆來說，接下來這段「明顯非虛構的情節」會是非常重要的故事……

「劇本寫完以後我會給妳看，妳要毫不客氣地給意見喔。因為我是第一次寫這種東西，期待妳寶貴的建議。」

「就說等一下啦！你們先是從我的往事拿了那麼多題材，還要連以後的事都寫進去嗎！」

「啊～～不要緊。接下來被當成題材的不只是妳，連我都包含在內。倒不如說，我才是最常被拿來當題材的人。兩個人一起遭殃就沒問題了吧？」

「那樣子哪叫沒問題！根本是恥上加恥嘛！」

「不過妳想嘛，『兩人合力就能克服萬難』算很常見的說法啊。啊，這句不錯。當成女主角的台詞加進劇本裡好了。」

「惠～～！」

「欸，英梨梨……！」

兩個人原本都一動也不動地跪著面對面……

以英梨梨的尖叫聲為開賽鐘響，她們大幅改換姿勢，激烈地纏鬥。

除了慘叫與歡笑以外還摻雜著各種感情的喧鬧聲，直響到天明。

在高亢情緒被帶進早上的露天浴室以前，她們始終沒有停。

……呃，想看這段情節的詳細內容或劇情圖片的讀者，還望您捧場支持「blessing software」預定在今年冬天推出的最新作品《不起眼女主角培育法（暫定名稱）》，不勝感激。

※　※　※

「生蛋！調味海苔片！竹筴魚乾！嗯～旅館的早餐就該是這樣！」

「我倒希望他們對當地的物產多一分講究，用山上的東西湊滿一桌菜。」

早上八點，昨天持續一整天的雨終於停了，這趟旅行中首度有陽光從天空照耀而下。

結果，應該絲毫沒睡就聊到天亮的兩人，現在仍有精神大快朵頤地用早餐。

「欸欸欸，惠，今天辦好退房以後要做什麼？取景嗎？還是買東西？」

哎，先不管隔壁桌的一家子都猛盯著身穿旅館浴衣，還對竹莢魚乾感到雀躍的金髮雙馬尾美少女，考慮到她們倆昨晚有多尷尬，現在這一幕已是相當和平。

「這個嘛，我想買土產，但如果妳還有想素描的風景，也可以先去取景喔。」

「唉唷，該決定有沒有風景要素描的是妳吧。」

「咦？為什麼？我對《寰域編年紀》一點都不熟……」

「妳在說什麼嘛。該取景的當然是你們要出的新作啊！」

「……呃，英梨梨，我才想問妳在說什麼耶。」

沒錯，相當和平……直到此刻為止。

「妳想嘛，好不容易把青梅竹馬型女角……不對，把新角色的劇本完成了，既然這樣就得來構思日後的附錄短篇故事才行啊。」

「可是，其他女主角的正篇劇情都還沒有寫好耶……」

「我想到了，趁這個機會，設定成男女主角單獨去溫泉旅行怎麼樣？在當地發生狀況，吵架、和好、在露天澡池混浴，然後，然後晚上就……！」

「……描寫到那邊就不是普遍級了，而且我們也沒辦法販賣那樣的商品。」

「沒問題！要是那樣，我就拜託爸爸和媽媽幫忙顧攤！」

「那就不是『blessing software』了吧，那是『egoistic-lily』才對吧。」

「對了，我不能這樣閒著。至少要在今天之內把附錄短篇的親熱……恩愛劇情的草圖畫完才可以！」

「啊～～不用那樣，出海會努力幫社團畫的……」

「讓波島出海來畫我……不對，讓她畫新角色還得了！誰曉得她會不會為了出以前的氣，就用奇怪怪的遠近感或者描圖的手法來搞鬼！」

「不是，英梨梨，我跟妳說……」

「啊～不過成品真讓人期待耶，能不能早點發售呢……」

「……呃～關於那方面，我們會盡心盡力來完成。」

身穿旅館浴衣，還對竹莢魚乾感到雀躍，而且大口吃著蛋汁拌飯的金髮雙馬尾美少女……彷彿在短短幾分鐘內，就將昨天以前的沉重氣氛一掃而空，非常非常非常熱情地開始聊起她對自己並沒有參與製作（變成用女主角身分參戰）的遊戲有何構想。

※　※　※

「溫泉饅頭呢？」

「買了，照人數買的。我爸爸和媽媽，姑且再加上霞之丘詩羽，總共三盒……」

「爸媽各一盒會不會太多？」

「不要緊，反正我沒買任何東西給紅坂朱音。」

「啊～～……」

向旅館辦理退房以後，沒去取景的兩人改到湖泊周圍散步觀光，逛了逛車站前的禮品店，再

※　※　※

「…………」

「…………」

於是，過了一小時後。

「……惠，妳醒著嗎？」

「勉、勉強～」

她們倆想起來了……想起原本該在昨晚補充的睡眠。

想起腦袋與身體徹夜未眠，還有毫不留情地來襲的睡意。

「我、我還想多聊一陣子的說。」

「我也是……」

深夜在旅館通宵長談，上午也一邊觀光逛街一邊聊個沒完……

然而，沒能把昨天聊得不多的部分補回來，似乎仍讓她們倆有所不滿。

「我本來在想，回到東京以後，可以在池袋附近一起吃晚餐的耶～」

「那……要不要等電車開到那邊時再看我們的狀況來決定？」

「了解……惠，那我想睡一下下……」

「也對……總之，到東京以前就先晚安嘍～」

即使如此，結果她們還是贏不過來襲的睡意。

兩個人幾乎同時閉上眼睛以後，也幾乎在同一時間開始打呼。

哎，不過多虧有此等倦意和睡意，她們才能毫無芥蒂地做出手牽手一起睡覺這種有些令人害臊的事情，或許對彼此來說都是幸福的。

※　※　※

「…………」

「…………」

然後，又過了一個小時。

話雖如此，在這一小時之間，兩人的關係沒多大進展。

「…………」

「…………」

隨著新幹線向東駛去，兩人順利地朝目的地前進，當天色逐漸像昨天一樣慢慢轉陰時，兩人仍然肩靠著肩，熟熟地睡著……

「……欸，英梨梨。」

「…………」

「英梨梨……？」

「…………」

不對，當中有一個（惠）人緩緩地睜開眼睛，並且帶著愛睏的動作張望四周。

接著，她將靠在自己肩膀上，至今仍熟睡著的金髮好友納入眼簾了。

「欸，英梨梨……」

惠承受了英梨梨靠在肩膀的重量，再將自己的頭擱到那顆頭上面，朝對方的耳邊細語。

「接下來我要說的話，妳別聽進去喔。」

這些話，真的是她最後一次，吐露的怨言。

原本，其實應該趁昨天，在被窩中，在淺寐當中，就應該講過的話語。

「妳和霞之丘學姊離開這件事……

真的、真的，讓我好難過、好痛、好不甘心。」

「……唉，我們社團的成員，大致上就像這樣」

「無論以戰力來說，以同伴來說，存在感都那麼龐大的兩個人，……對於社團，對於倫也都那麼著想的兩個人，居然不在了，實在讓我難以置信。」

「倫也和我，不只失去了雙手，就連雙腳都……不對，那種感覺簡直像大腦和心臟也被拔掉了一樣。妳們對『blessing software』就是那麼重要，幾乎等於全部。」

「或許，我們幾個，已經做不出像去年那麼棒的遊戲了。柏木英理和霞詩子不在的『blessing software』，或許，會變成平凡無奇，純為興趣創作的遊戲製作社團。」

「……咳！」

「就算那樣，就算是那樣……以後，我們幾個，還是會快樂地、痛苦地、難過地、開心地繼續製作遊戲喔。」

終章 ——少女們以有明(Comiket)為目標——

「惠學姊，快點快點，燈號要變了喔。」

「等等我啦，出海……冷靜點。沒問題的，時間還完全來得及。」

六月第二個週六。

天公作美，東京的天空從上週的陰雨連綿變成萬里無雲，即使透過氣象廳細心調查，到現在似乎還是感覺不到進入梅雨季的跡象。

傍晚五點多，在如此天氣下，只要稍微活動就會冒汗的初夏。

一邊朝著仍然高掛的太陽瞇眼睛，一邊在秋葉原車站下車的兩個女生……加藤惠和波島出海穿過了圓環交叉口，一溜煙地朝目的地而去。

「可、可是、可是，我第一次參加演唱會……假如也有禁止熬夜排隊、搭首班車的參加者、發放號碼券、入場限制或排隊一輪兩小時之類的規矩，那我一點都不懂。」

「……絕對不會有那種規矩，妳放心啦。再說表演的樂團和我們是自己人，隊伍排得再長都可以從旁邊先進場。」

「那、那樣也滿尷尬的……那種靠特別待遇進場的人，一般參加者看了會超不爽耶～」

「……我們快趕路吧，出海。」

從兩人的對話就能得知，今天，她們會在此時此刻來到秋葉原，是為了聽演唱會……

「不過美智留學姊好厲害喔，她們終於單獨開演唱會了耶！」

沒錯，今天正是動畫歌曲女子樂團「icy tail」，還有主唱冰堂美智留值得紀念的第一場單獨演唱會當天。

「嗯，對啊，我好期待。」

「何止期待而已，我緊張得不得了呢。」

「出海，妳緊張也沒有幫助吧？要表演的是樂團成員啊。」

「因為不是自己要表演才緊張嘛……美智留學姊要不要緊呢？她會不會粗心失誤，還嘿嘿笑兩聲混過去呢？」

「沒問題的，別看冰堂同學那樣，她在唱歌時完全是『另一個人』。」

「……惠學姊，妳平時對美智留學姊的評價有多低啊？」

「怎麼可能低啊。『姑且不提』私生活方面，她的音樂可是一等一的……」

「……妳從剛才就微妙地話中有話（在話裡加雙引號），讓人聽了好不安耶。」

「沒那回事喔～～是妳想太多了～～」

「好、好啦，美智留學姊自然不用說，由哥哥來打點演唱會也是讓人不安的要素呢。雖然我覺得他一定可以炒熱場面，但又擔心哥哥會不會對聽眾煽動過頭，反而引起奇怪的糾紛……」

「…………好了，我們趕快走吧，出海。」

「啊，咦？惠學姊……？」

哎，像這樣跟遭到徹底忽略的經紀人一比，被數落的主唱仍有得到足夠關愛就是了，總之先不管這個令人發毛的真相……

她們倆依循惠大約在半年前的記憶，拐了幾個彎，然後走進小巷……

「咦……？」

「看嘛……我不就說了嗎？」

於是，排在那裡的隊伍讓兩人發出了感嘆聲。

※　※　※

從人潮洶湧的秋葉原走進那棟建築物，就會發現裡頭同樣有為數眾多的人在喧噪。

話雖如此，目前他們還算安靜，幾分鐘以後肯定就與現在比都不能比，會有震耳欲聾的大音量籠罩現場。

到時會聽到的並不是街頭喧囂，不過要是形容成人們藉活力和能量發出的聲音，也許到頭來還是一樣的。

哎，可以用陳舊詞句（第四集用過的）將情景微妙地描寫完（複製貼上）就簡單帶過的這塊地方，是秋葉原的Live house「CLUB G-MINE」。

「欸，看一下看一下！進來的聽眾有夠多耶！他們要站著聽耶！」

跟平常一樣毛毛躁躁且亢奮度更勝平常地衝進Live house休息室的，是「icy tail」的吉他手「小時」，姬川時乃。

「不不不，這裡本來就是全站位的場地啦～」

然後，人原本就在休息室，而且臉色有些傻眼地迎接急驚風時乃的，是「icy tail」的貝斯手「叡智佳」，水原叡智佳。

「……再說，聽眾的人數與我們無關。我們只要盡力做到完美就好。」

還有在叡智佳旁邊，跟平常一樣閉著眼睛靜靜地佇立不動的，則是「icy tail」的團長兼鼓手「藍子」，森丘藍子。

「好，所以說呢，離妳們正式上場不到三十分鐘了……」

另外，靠在休息室後面牆腳遠遠地守候著她們的，是「icy tail」現任經紀人「波波」，波島伊織。

「聽眾捧場的程度就像姬川形容的那樣……其實我故意瞞著妳們沒說，連門票都是開賣當天就售完了。」

「唔、唔哇唔哇，你說真的嗎？那、那麼，我們演唱會的門票，該不會還在雅○網拍之類的地方被人用天價到處轉賣吧？」

「然後，因為工作人員突然要求核對身分證明文件，買黃牛票的都禁止入場，在歌迷哀號之下，明明票賣完了，我們卻要對著空蕩蕩的觀眾席開演唱會？」

「……我想總不可能出現那麼勢利眼的情節。」

「可、可是可是，既然票銷得這麼好，早知道就訂更大的場子了！」

「是啊是啊～還可以多撥出一些時間，好好準備過再上場～」

「……嗯，也許是那樣沒錯。」

……前陣子，大家才對第一次開單獨演唱會嚇得要命，還偷偷地商量過：「賣票的業績底標，每人要負責二十張喔～」、「等一下，我沒那麼多朋友！」、「還是要在車站前穿表演的服裝發傳單呢？」如今面對這種意外的事態，又陷入性質完全相反的心慌了。

然而……

「不對，地點不在這裡就沒有意義了……」

「咦？」

「啊……」

「……小美。」

唯獨今天，有個身材高挑的少女一直默不作聲，比平時話少的藍子更加寡言，如今她終於帶著充滿決心的表情開口了。

那個人就是「icy tail」的主唱&吉他手「小美」，冰堂美智留。

「我們的第一場單獨演唱會，要在和我們第一場演唱會同樣的地方舉辦……這是我從一開始就決定好的。」

從椅子上站起來的美智留，認真的態度果真和平時懶散開朗的性格呈對比，她手湊胸前，望向另外三個人。

「……那麼，接下來就麻煩妳了，冰堂。」

伊織看了美智留那張充滿決心的臉龐，便匆匆地離開休息室。

他在任何一場演唱會，任何一間Live house，都不會像前任經紀人那樣鼓舞她們，或者替打們打氣。

「我有不少理由喔。第一個理由就是報恩……畢竟，當我們還是一次都沒有在校外辦過演唱會的校慶樂團時，就是在這個地方被接納的。」

「這麼說來，當時我們完完全全就是負責暖場的耶。」

「對對對，別說暖場，我們當時根本是來補別人的空缺，聽眾也都不認識我們～」

「……對我們而言曾經是徹底的客場。」

因為鼓舞她們已經沒有意義，她們不需要打氣。

和半年前不同，「icy tail」自己就能互相鼓舞、打氣，並且站穩腳步。

「然後，第二個理由就是討吉利……畢竟，這裡是聽了形同外行人的我們表演，也願意全力陪我們HIGH，讓我們HIGH的地方。」

「現在回想起來，虧我們第一次表演就能抓到聽眾的心耶。」

「哎，當時第一首歌選得好啊～」

「……的確，或許是個好兆頭。」

那是不知不覺地在她們之間萌芽的文化。

而且那是前任經紀人幫忙播下的種子。

「第三個理由則是做出區隔……我們要告訴聽眾，從今天起，『icy tali』會認真以更高的地方為目標……」

「製作CD真的好辛苦耶。」

「是啊是啊～何況作曲的人因為補考都撥不出時間～」

「……曲子湊齊是在錄音兩天前，這算什麼情形？」

「我正在講動聽的話，妳們別搗亂啦～！」

因此，新經紀人(伊織)只要專心於經紀工作及製作就行了。

不過正因為如此，他把所有資源都投注在「經紀工作和製作」上面了。

「icy tail」首次召開單獨演唱會的情報，已經鋪天蓋地似的散播給圈內人知道了。

準備販售的CD則有初回限定版特典「波島出海繪製的插畫卡片」，和普通版特典「icy tail角色扮裝照」，發揮了兩種版本分開賺的搶錢手腕。

「icy tail」首場單獨演唱會能聚集眾多聽眾，確實是來自於她們的實力。

然而她們現在也明白，原因不只如此。

……所以，無論「icy tail」以後變得再怎麼紅，只要有新經紀人在，「角色扮裝動畫歌曲女子樂團」的稱號肯定都和她們分不開才是。

「哎，所以嘍……大家今天也用全力表演吧！讓所有聽眾都開心盡興，我們自己也要開心盡興！」

美智留朝大家面前伸出手。

時乃、叡智佳、藍子立刻把她們的手疊到上面。

因此美智留才放心地，發出一如往常的吶喊。

「那麼，大家準備ＯＫ了嗎？……『icy tail』要上台嘍～～！」

「「「噢～～！」」」

※　※　※

「啊，他來了他來了，倫也。」

「倫也學長！工作辛苦了！」

「這是怎麼回事？好多聽眾……」

不知道該歸功或怪罪於「想趁有空盡可能多寫共通劇情線的故事情節來積稿」的工作意識之高（褒義性質的原本用法），安藝倫也驚險趕在開演五分鐘以前，才抵達表親這場值得紀念的表演現場和眾人會合。

到這個時候，之前在外頭排隊的眾多聽眾都已經入場完畢了，不過樓層裡也因為如此被擠得水洩不通。

儘管全站位的場地可供一百名以上的聽眾入場，樓層中卻連可以坐的空間都沒有，想買ＣＤ的人每次移動，就會讓只想乖乖等開演的人也跟著遭殃。

「這樣看來……有兩百人吧？」

「你當經紀人的時候，聽眾沒有多到像這樣呢。」

「對啊，伊織果然是投機生意的天才！之前他誇下海口，說一定會讓我看到場地客滿，然後他就若無其事地辦到了，真厲害……」

「…………………」

「……呃，惠？」

「惠學姊？」

惠稍微挖苦了一下倫也，結果當事人不只沒有反駁，還對伊織大為讚賞，出乎意料的事態讓惠冷靜地判斷激將法效果不如預期，忍不住就藉著沉默來收回自己先前的發言了。

是的，那純屬「冷靜的判斷」，惠絕不是因為會對話題走向十分不滿才噤聲的，還請讀者諸兄莫有誤解……

「對了，惠。」

「嗯？怎麼樣。」

然後，也許是察覺到氣氛不對，或者只是想進入正題……

倫也改換話題，談起已經拖了兩個月以上的「那件事」。

「聽說，妳上週和英梨梨見面了？」

「……啊～～是的。」

「那結果怎麼樣？這次有好好地談過了嗎？有沒有吵架？有和好嗎？」

「倫也，總覺得你那樣問好像家長，比平常還煩。」

「……安排好幾次見面機會，即使每次都臨時取消也還是不死心地做了一堆努力的我，會讓妳覺得煩啊？是這樣啊？那真抱歉。」

……順帶一提，單以這件事情來說，旁人聽了難得會覺得倫也義正詞嚴，大概並不是出於心理作用。

哎，不管怎樣，惠最後都能委婉地將問題閃掉，因此也沒有什麼能追究的就是了。

「然後呢，你從英梨梨那邊聽到了什麼？」

「呃，關於社團那件事，她只強調要我來問妳……」

「是喔，哎，反正內容又不適合在這種人多的地方談，之後再說吧。」

「好、好啦……」

倫也說完就不情不願地退讓了。

即使如此，對於這次的事情，連他身為遲鈍噁心又耳背還優柔寡斷的差勁宅主角（此為個人觀感）都感受到幾個好兆頭了。

其中之一，就是英梨梨頂嘴叫他來問惠，然而英梨梨的態度、表情和語氣，透露的訊息都比字句本身還要多。

連英梨梨平時用來對待外人的客套笑容裡，看起來都含有滿多由衷的情感，從外在更能體會到她的充實感不只來自於工作。

另一個兆頭則是惠搪塞的「之後再說」，她身上的氛圍也透露得比字句本身更多。

因為她露出了一絲絲使壞般的臉色，彷彿有自信能看見倫也高興的表情。

惠最近逐漸會像這樣展現出淡定中的情感，倫也光聽剛才的對話就隱約感受得到。

儘管他是遲鈍噁心又耳背還優柔寡斷的差勁宅主角。

「好了，要開始嘍。」

「嗯……」

「終、終於終於……唔哇，唔哇唔哇，我開始緊張了！」

這時候，有三個女生來到陰暗的舞台上，並且各自就位……

當女鼓手……藍子敲響鼓棒，小時的吉他和叡智佳的貝斯跟隨其節拍奏出樂音，四周的喧噪聲頓時變成歡呼。

※　※　※

「各位～～！今天晚上我們要一～～直在一起喔喔喔喔～～！」

最後，看時機成熟的美智留衝上舞台一喊，那陣歡呼就像引爆似的炸開來了。

「啊，這首歌我曉得！呃，歌名是叫……」

「這首是不是《cherish you》？」

「一開場就唱原創曲啊……」

「icy tail」的單獨演唱會終於開唱，開幕曲對在場的三人……對「blessing software」來說十分熟悉。

可是在普通的動畫御宅圈子裡，那本來就不是為人熟知的曲子才對……

《cherish you》……

大約半年前，同樣在這間Live house初試啼聲的「icy tail」，所作的第一首原創曲。當時的氣氛確實也相當熱烈，不過那是在經過充分暖場，而且也對聽眾聲明過要表演原創曲才開始獻唱，因此眾人都能夠接受。

連歌名和屬於原創曲這一點都不提，還在最能左右演唱會成敗的開幕曲就忽然拿出來唱，以動畫歌曲演唱會而言，這算是相當危險的安排……

……原本理應是如此。

美智留悠揚精準的歌聲甫出，螢光棒隨即滿地開花，讓歡呼更加熱烈。

每個人都認得這首應該不算出名的曲子，或許不認得也跟著投入，形成了整間Live house都融為一體般的氣氛。

也許是在場的近兩百人都配合度高。

或者，他們都是「icy tail」的忠實歌迷。

然而能斷言的只有一點，那就是無論答案為何，能大量招來這些熱情粉絲的她們贏了……

因此到最後，倫也自然不用說，連初次體驗演唱會的出海，還有性子本來就不容易HIGH的惠都受了現場熱烈氣氛的感染，甚至用力鼓掌到雙手都紅了。

※　※　※

「總覺得回憶被勾起了呢。」

「什麼回憶？」

「半年前，我和妳也在這裡，像這樣一起仰望舞台，聽著同樣的歌。」

「……哎，也是啦。」

演唱會開始後，過了短短幾分鐘。

當開幕曲即將唱完時……

無視於群情激昂的聽眾，在會場最後面，開了兩朵貌似稍微遲到的壁花。

「啊，找到了……倫也和惠……居然還有波島出海？」

「她當然會在啊，畢竟是同一個社團的伙伴。」

「怎麼辦？要去那邊會合嗎？」

「我不必了。反正去了也只會讓氣氛尷尬……尤其是我跟加藤。」

「不然我幫妳們調解嘛？有我當中間人的話，我想惠也能冷靜和妳談。」

「……和她絕交長達兩個月的妳，明明是上週才剛和解的，現在忽然就得意忘形了呢。」

要是有人注意到那裡，引起的注目也許不會輸給舞台上才對，她們是金髮雙馬尾和黑長髮的兩位美女。

澤村・史賓瑟・英梨梨和霞之丘詩羽。

「再說，唯獨今天，我來這裡並不是為了倫理同學。」

「不然妳是為了什麼來的？」

「……在演唱會舉行的時間來Live house，還會有什麼目的？」

※　※　※

「晚安～～我們是『icy tail』～～！」

開幕曲唱完，美智留……小美就順勢高舉拳頭，幾乎所有聽眾都迎合她那樣的情緒，大幅撼動整間Live house。

「今天真的，真的，真的要謝謝大家來參加我們第一場單獨演唱會～～！」

小美激昂的情緒從最初就飆到最高點，簡直不輸整座會場在頭一首歌便注定轟動的氣氛。

「哎～～感覺好猛喔～～！滿滿都是人～～！欸，各位，今天只有我們會上台表演喔。這樣真的好嗎？」

而且，亢奮的她突然逗起樂子，讓場內籠罩歡樂的笑聲，不只熱情奔放，還順利營造出令人安心的歸屬感。

呼應小美的問題，場內四處傳來「沒關係沒關係～～」或「icy tail棒呆了～～！」的叫聲，台上台下開始有感覺不錯的互動。

「不過，這間Live house果然很棒耶～～和大家距離夠近，連離得最遠的臉孔都看得清楚……嗯，我有看見妳們喔～～！」

小美一說，場地後方的粉絲們反應就是「她正在看我」，歡呼聲又同時湧上。

然而在此瞬間，美智留的目光和話語，其實明確地只對著最後面的「某兩個人」。

※　※　※

「咦，原來這是冰堂美智留寄來的嗎？」

「哎，是啊。」

被詩羽邀請的英梨梨不經思考就跟著來聽演唱會了，在這之前，她完全沒發現詩羽給的票是怎麼來的。

即使如此，從這裡看過去，感覺剛才美智留的目光和話語，確實都只是在對輕輕揮手的詩羽做回應。

「為、為什麼那個女生會請我們來？」

「誰曉得呢。」

詩羽只是因為嫌麻煩，就一直隱瞞著上個月在御茶水遇見美智留的事，對於滿臉納悶的英梨梨，她只回以一抹神秘微笑。

「來得好喔……

今天要聽到最後喔。」

隨後，美智留也看著似乎明白意思的詩羽，還有摸不著頭緒的英梨梨，並且改用簡單明瞭的訊息告訴她們倆。

「這就是……我所發出的宣戰書！」

「唔……」

「看來她就是那個意思呢……」

第二首歌隨著那句挑釁開始演奏，盛大的歡呼再次響遍舞台。

這次的曲子出自稱霸上一季的知名原創動畫，屬於嘶吼型唱腔的主題歌，同樣戳中喜好的選曲讓場內御宅族情緒再度提昇檔次，猛烈地揮起螢光棒。

當會場就這樣融為一體，為「icy tail」的熱度加油添火，「icy tail」各個成員也煽動聽眾升溫，產生無止盡的循環時……

「還有，剛才台上那些話……似乎讓她察覺到我們了呢。」

「咦？啊……」

在這座會場中，獨自跳脫出那樣的循環，還眼尖地發現美智留和詩羽隔空用眼神對話的人，似乎還有一個。

「惠……」

當倫也與出海隨著其他聽眾完全同步地揮舞螢光棒時……

在倫也身旁，留鮑伯短髮的第一女主角並未輸給周圍喧鬧聲，眼睛凝望詩羽和英梨梨這裡，彷彿只有她那邊的時間是停止的。

不久，在雙方目光相會以後，她就像拋開了什麼似的露出堅強微笑，並且完全不迎合周圍的氣氛，只顧向兩人點頭致意。

那完美的第一女主角風範，簡直……

「……總覺得加藤那副正房的嘴臉非常令人火大。」

「對這一點我不得不表示贊同……惠，對不起。」

※　※　※

後來，經過長達兩小時以上的表演……

時間雖久，「icy tail」在舞台上的火熱程度卻更勝開場，毫無極限地越唱越帶勁。

懷念的經典動畫歌曲，最近走紅的作品，還有只要是內行人就曉得的名曲（但是動畫沒賣好）……

每一首歌不管有沒有聽過，今天這些上道的聽眾都緊緊追隨著樂音，直到力盡方休。

表演流程能如此理想，或許在眾人聲音沙啞時穿插於曲目的慢歌也大有功勞。

那是包括伊織在內，由「icy tail」所有人用全力為今天這個好日子想出來的頂級歌單。

趁場內意興正濃，偶爾穿插進來的原創歌曲，同樣被大家全心全意地接受了。

尤其是演唱會結束後，ＣＤ再次拿出來販賣時，剩下的張數甚至令人擔心：「這樣的量是不是根本不夠啊」……

然後，尾聲終於近了……

※　※　※

「那麼，接下來就是最後一首歌了……」

儘管聽眾們緊接著發出的「咦咦咦咦咦～～！」，在演唱會是絕對免不了的光景……

即使如此，他們今天的哀怨在沙啞聲音相輔下，就能讓人相信是打從心裡尖叫出來的。

「今天，真的謝謝大家來參加……」

就算肯定還有安可曲，「icy tail」的首次單獨演唱會，必然要由小美用麥克風講話來收尾……

因此只有這時候，眾人便不再攪和、歡呼或打CALL，全都安靜而認真地望著舞台上的她們幾個。

「從我們第一次登台表演算起，差不多過了半年……

『icy tail』頭一次有機會，像這樣單獨出來舉辦演唱會。」

一身女僕裝鑲滿荷葉邊的小美，帶著認真笑容朝聽眾們訴說。

服裝和態度造成的那種落差，要是在這裡以外的地方，大概會格格不入吧。

「或許在旁人看來，會覺得那是短短一下子的時間，

或許也有人會羨慕我們，覺得是我們運氣好。」

然而，小美還有「icy tail」都已經不在乎那些了。

她們既不迴避也不討好聽眾，而是貫徹原原本本的自我。

「即使如此，在這半年以來，我們並沒有眼巴巴地等著今天這一天。

找我到任何地方表演我都會唱，就算沒表演我照樣會在任何地方唱，我唱了好幾次給大家聽，始終和大家一起成長，才總算迎來這一天。」

半年前，小美還無法和御宅族溝通，緊張兮兮地靠著失言的耍寶效果才抓到聽眾的心，如今她的那一面已不復見了。

現在在台上的，是把演唱動畫界歌曲還有角色扮裝全都當成自己的武器，接納了這種特色，認真想朝這條路邁進的「創作者」。

「當然，在這半年來，也不是盡只有那些順利的狀況……雖然在場的『icy tail』成員，目前都像這樣在一起，可是，並不代表我們所有人永遠都能維持在一起。」

因此，無關於服裝或狀況，她會把話直接說給想傳達的對象聽。

「既然大家不能停留在同一個地方，那就是無可奈何的事。

畢竟，我們也沒有像那樣停留在同一個地方。

因為我們有目標。我們有不能讓步的想法。」

她告訴位於自己視線前方的兩人，以及三人。

「為我們創造了出道機會的人們，

陪我們一起作曲、作詞、編寫故事的人們，

還有，替我們設計視覺圖像的人們……」

她告訴和自己一樣是「創作者」的那些人。

「雖然會有點寂寞，有點難過，可是……

我想，那應該是正確的吧。」

她告訴如今踏上不同道路的「朋友」們。

「畢竟，就算朝著不同的方向而去，

大家還是各自在前進。」

還有，她要告訴現在仍一起以同一條路為目標的「阿倫」等人。

「所以嘍，最後一首歌……我會獻給大家。

獻給目前像這樣待在身邊的人們……

同時，也獻給不在身邊的人們，我們的愛。」

出海眼裡盈上了淚水。

惠的表情變得十分溫柔。

還有，倫也露出了看似有些落寞，也有些欣慰的苦笑。

「大家以後也互相加油吧！」

英梨梨自己也不曉得，她自己的表情變成了什麼樣。

至於詩羽……則是低著頭，不讓任何人看她的表情。

「那麼，最後一首歌的歌名，大家和我一起說～～！
你們都曉得吧？都曉得對不對？
就是我們在今天發售的出道專輯名稱喔～～！
好～～大家準備好開口嘍～～！」

最後，小美就用麥克風指向聽眾席……
緊接著，聽眾們還是用全力來回應她的挑釁。
「Icy Tail Yo（我愛你們）！」

※　※　※

演唱會散場後，過了三十分鐘……
當Live house外頭，仍有沉浸於餘韻的聽眾們依依不捨地討論今晚的感想時……
「妳遇到嵯峨野文雄了？而且對方就在隔壁攤？」

「啊，與其說有遇到，精確來說應該算擦身而過……」

「妳說的那個人，記得就是幫《純情百帕》畫插圖的對不對……」

後續行程是「等樂團成員出來就要一起去開慶功宴」，足以讓歌迷跌破眼鏡的倫也、出海、惠三人也留在現場，他們正互相分享這一個星期來體驗到的各種事情。

「你們還交換了本子？就是這本嗎？好棒～～！出海妳好棒！」

「啊，不是的，其實本子也是哥哥去跟他換的……」

「等一下，倫也，我還沒有看完，不要翻頁啦。」

以社團外圍的事件來說，當屬出海參加活動的那段插曲別具震撼性。

「不過這好好喔……嵯峨野老師的本子啊，總是印得少又不委託店家寄賣，在二手店往往都是擺在玻璃櫃裡展示的……而且《純情百帕》出了以後，價格就飆得更高了……」

「……這樣喔～～」

替自己崇拜的作家、崇拜的書，畫出了可敬插圖的插畫家所推出的本子，讓倫也像平時那樣宅氣十足地給予大力讚賞。

對出海來說，聽他用這種信徒般的調調來談論自己以外的作家，坦白講身為同行會覺得百感交集……

不過，如果倫也沒有跟自己認識，當他拿到自己出的本子時，大概也會表現出相同的態度才對，一想到這裡，出海就不覺得有礙心情了。

「那麼出海，嵯峨野老師是個什麼樣的人？傳聞他是個型男兼現充，為人也滿勢利的，不過真的是那樣嗎？」

「……可是，那樣的人居然會畫出這麼可愛的圖，看來插畫家的性格和才華是兩回事呢。明明製作人就跟外表滿一致的。」

「或許啦，作風這種東西，確實會有和本人外表或者業界評價不一致的狀況就是了……」

「啊，不是的，你們聽我說，實際上跟我在會場聊天的人是……」

當出海仔細思索那些時，倫也與惠的話題就在不知不覺中變成對嵯峨野文雄的形象考察，還岔得有點離譜……

「不過說來說去，我想作風這種東西，到最後還是會從內在流露出來。」

「咦……？」

然而倫也的想法，似乎還是跟出海當時所抱持的疑問歸結在同一個地方。

「所以說，其實網路上對嵯峨野文雄流傳的評語讓我有點懷疑……實際上，他的內在會不會非常萌，或者對可愛的東西抱有憧憬呢？」

「倫也，那只是你不想讓《純情百帕》的形象受到玷汙，才一心希望真相是那樣吧？」

「妳不必多追究那些本質啦！」

出海無心地望著互嗆時變得越來越有模有樣的倫也與惠，同時……

「哎，總而言之呢……」

她將這一個星期來湧上的強烈想法……

「不管嵯峨野老師勢不勢利、人好不好，我能說的只有一點……」

她將可以讓兩人完全安靜的一句話，說了出口。

「那就是我沒有意思輸給他們了……無論對手是嵯峨野文雄、柏木英理還有紅坂朱音都一樣喔。」

※　※　※

還有，幾乎在同一時刻……

英梨梨和詩羽同樣早早就離開Live house，在附近的咖啡廳面對面坐著分享這幾天所體驗的事。

「這就是下次作品的角色設定……？」

「我的『朋友』說，當時兩個社團『碰巧』鄰攤……波島也在現場。」

「呼嗯……」

順帶一提，兩人也同樣在讀上週活動中發表的同人誌。

「聽對方強調過好幾次『絕對不能給我』、『只能借一天』，我才借到了這個本子……看來『她』滿中意波島畫的圖呢。」

「呼嗯……」

英梨梨愛理不理地應聲，同時翻頁的手也沒停下來。

還有，她不只是單純往後翻頁，還翻前翻後，然後又從頭讀起，彷彿在發掘作畫工程還有下筆者的心思，意在慎重而細心地解讀。

「如何？妳的感想是？」

「沒什麼……」

而且，儘管她埋首得這麼深，語氣卻刻意淡然。

「是嗎？在我看來倒像是出色的成果……無論是以水準，或者是與他們那項企畫的契合度來說。」

「會嗎？」

「要是妳鬆懈了，也會被擺一道的喔。」

「我從來沒有看扁波島出海，一次也沒有。」

可是，從那樣的淡然當中，並非絲毫感受不到對於「敵人」的敬意……

「……妳傲嬌得依舊有味呢。」

「吵死了。」

倒不如說，即使英梨梨爬得再高，得到再多認同，往後她八成還是得一直將「那個女生」放在心上。

哎，那是種種因素都相乘在一起所致……

「那妳接下來怎麼打算？」

「打算什麼？」

「妳不去見倫也嗎？我想他八成還窩在Live house的某個地方喔。」

「沒關係，今天不用了……和剛才說過的一樣，我是衝著演唱會來的。」

「真的不用？妳又不像我跟他同班，很難有機會碰面吧，不必勉強自己喔。」

「……妳在得意忘形時真是令人火大。」

英梨梨那副像在挖苦，也顯得滿認真地在表示關心的模樣，讓詩羽抖了抖腿來回應。

「那就沒辦法嘍……今天我來陪妳好了。」

「澤村，難不成我沒講過嗎？『妳在得意忘形時真是令人火大』。」

然而如此針鋒相對的氣氛，在雙方都已經明白對彼此作品及才華有何想法的目前看來，也就顯得虛有其表了……

所以，兩人簡直像交情長達十年的損友那樣，懶懶散散地共度著這段時光。

「對了澤村……妳帶回來的土產，要不要在這裡拆？」

「在店裡面拆外食的包裝不合禮貌吧，妳把東西帶回家啦。」

「送我溫泉饅頭是無妨，誰教妳要一次送兩盒呢？難道裡面有附可以收集的卡片？」

「那、那是因為……我買了兩盒給爸爸和媽媽，他們就說：『我們拿一盒就夠了，剩下一盒拿去送朋友吧。』」

「我也只要一盒就夠了喔。不然剩下一盒就分給紅坂小姐……」

「不要！絕對不要！那我還不如拿回家自己全部吃掉！」

「妳還是一樣沒朋友耶。」

「妳還敢說，我才不想被妳說啦！」

「哎呀，我最近認識的女性朋友正在急速增加喔，要不要我開通訊錄給妳看？」

「欸，妳……妳不要隨便亂說喔，霞之丘詩羽！」

沒錯，她們簡直就像認識十年的……宿敵那樣。

※　※　※

「啊，樂團的各位出來了喔！」

「喔～～辛苦啦～～」

「各位辛苦了。」

接著，演唱會散場後過了四十分鐘……

「結束啦啊啊啊啊～～！」

「哎呀哎呀，真的超累的！」

「可是呢，表演大成功～～」

「……太好了。」

「icy tail」的成員們換完裝打過照面以後，終於從Live house出來，還帶著充滿成就感與充實感的笑容，趕到了倫也他們三個人身邊。

「好耶好耶～～！表演大大地成功喔～～阿倫～～！」

「啊。」

「啊。」

「喂！這裡是巷道，我們在公眾面前！啊，住手，那邊不能摸啦啊啊啊～～！」

唉，雖然也有美智留這種衝過頭就把倫也整個撲倒在地上的特例……

「走吧～～慶功宴慶功宴～～烤肉烤肉～～♪」

「小美，就說不要挑那種陽剛菜色了嘛……」

「滿足性慾以後換食慾，妳也太好懂了吧。」

「……叡智佳講話要記得委婉一點。」

接著，過了幾秒種以後。

美智留短短一下子就對倫也極盡性騷擾……殘虐之能事，被某人（太暗無法分辨是誰）硬是從地上拉開以後，她又若無其事地起身，並且衝向秋葉原街上找肉吃。

至於慘兮兮地倒在路邊被人遺棄的倫也……

「來，起來吧，倫也同學。」

「……喔。」

在場所有人當中，感覺最沒有便宜可占的伊織……對他伸了手。

此外，在他們倆後面有沒有人用冰冷目光放冷箭過來，也一樣因為太暗而說不準。

「唉，幸好單獨演唱會成功了……準備期間短，冰堂又遲遲沒空作曲，一時間我還擔心會變成什麼樣就是了。」

倫也還有伊織和遊蕩著找店家開慶功宴的女生們保持不至於跟丟的距離，肩並肩緩緩地走在路上。

「明明那麼趕，你為什麼還硬要舉辦？這次就算延期也不構成問題吧？」

一個月前，倫也首次聽伊織談到這次演唱會的計畫時，並沒有積極表示贊成。

因為那和倫也或團員們心目中為「icy tail」擬定的宣傳計畫相比，感覺為時過早了。

即使如此，到最後倫也還是決定照自己當初「把樂團的事交給伊織全權負責」的判斷，並且尊重伊織所做的決策。

「哎，因為我想先賺點資金。門票和商品都有帶來利潤，這樣就有頭緒了。」

「什麼頭緒？」

「我在想……差不多該來宣傳我們的遊戲了。」

「咦……」

而且，由於倫也順從那項決策的關係，一直到剛剛，他對伊織的「真正目的」都一無所知……

「總之，在夏COMI推出試玩版……就算有困難好了，還是得推出宣傳影片或設定集，一口氣將情報放出來。這部分就算嚴重虧損也無妨，反正就是要對外發表。」

「不、不會吧，原來你在構思規模那麼誇張的事？」

去年「blessing software」製作頭一款遊戲時，確實曾為資金周轉而頭痛。

但現在，透過處女作《cherry blessing》的成功，這次倫也在資金方面完全不擔心。

然而前提在於，他頂多只估計了下次作品送廠壓片還有製作包裝的費用……

「會誇張嗎？同樣預定在冬天發售的《寰域編年紀XIII》早就盛大地開始宣傳了耶。」

「可是他們那邊是商業作品，我們是同人……」

「那又如何？我們原本的目的就是要跟霞詩子和柏木英理，還有紅坂朱音打對台不是嗎？」

「要比銷售額也比不過吧。只要能做出不輸她們那邊的好東西，我就……」

「特地找我入夥還說出這種話，你這是雙重標準喔，倫也同學。」

「伊織……」

但是，「blessing software」的新製作人似乎正打算下重本，發動連倫也動用想像力都無法企及的金錢戰爭……

「和對方比銷售額，確實是荒謬之舉……」

不過，假如這部作品被埋沒就輸了。

我們非得用某種形式，證明『blessing software』會留在所有人的記憶中才行。」

「為此，這款遊戲非要讓許許多多的人都玩到才行。

……否則無論和誰比，我們都沒辦法抬頭挺胸說自己『贏了』喔。」

「……說得也對。」

「沒錯，就是這樣，倫也同學。」

倫也想起來了。

這已經不是專屬於他的一場仗。

而是來自各方的眾人本著自身信念，主動挑起的一場仗。

他們或許會受別人影響。

可是，他們不會對別人言聽計從。

聽過別人忠告或相勸以後，最後仍要憑自己的意志下決定。

往後，他們仍要朝著方向各異的目標前進。

有人是為了不被敵人攏絡而自立自強。
有人是為了打倒更強的敵人而自投敵營。
有人是為了保護在那裡的同伴而自投敵營。
有人是為了兼顧活得快樂與自我提昇。
有人是為了再一次挽回過去的樂園。

還有人是為了……

「我會做出最棒的遊戲……你要讓成品大賣特賣喔，伊織。」
「好啊，包在我身上，倫也同……」
「車站大樓那邊的烤肉店訂到位子了，我們要過去嘍。」
「惠，妳從什麼時候就在那裡了？」

「怎麼樣？整理出頭緒了嗎？」

「嗯，和好的劇情似乎勉強有個雛形了……謝謝妳，英梨梨。」

「欸，我問妳喔，惠。」

「嗯？」

「這樣子，她們兩個……英梨梨還有巡璃，是不是就通通恢復原樣了？」

「…………」

「惠？」

「時間流逝以後，還能通通保持原樣，這種事是不存在於世上的喔。」

「可、可是，比如說不變的心意，永恆的愛就……」

「心意是會不停變化的喔，英梨梨。」

「妳是指……」

「以某一天為界，原本明明都沒有感覺的對象，卻變得不再是那樣了，這種情形也是會發生的喔。」

「咦……？」

「當然，變質之後以某一天為界又回到原樣，這種情形也是有的。」

「到底變不變啦！」

「誰曉得呢？哎，不過有一點可以說的是……」

「是？」

「至少，有變過一次喔。」

「…………」

「英梨梨妳呢？」

「我才沒有變過。」

「不過，心意的大小是會變的吧？

有時候變大，有時候變小……」

「要說那種改變的話，有是有啦，不過……」

「不過？」

「我沒有變小過耶。」

「……啊～～」

後記

大家好，我是丸戶。

如同上次在第九集預告過的，這次為各位獻上的是《不起眼女主角培育法》Girls Side第二彈（以下簡稱ＧＳ２）。

像這種算在正篇集數以外的書，大多會將DRAGON MAGAZINE連載過的短篇蒐集起來，再由責任編輯皮笑肉不笑地做出艱苦的決策說：「出書規畫有點緊，這次就加寫五十頁左右的新內容混過去好了。」（此為個人感想。與其他作家的情況無關。）但提到這次的ＧＳ２，則是「幾乎全屬新寫的內容，實質上以時間軸與劇情發展來說可以當第十集」，變成由我自己說明都覺得不太能理解的一集。

畢竟我甚至擔心要是跳過這一集，即使下次讀了正篇第十集，會不會還是搞不懂劇情和第九集要怎麼銜接，因為本書全是與正篇關係密切的章節，才讓我做出如此的問題發言，衷心希望各位讀者海涵，請大家切莫抱著「什麼嘛，只是外傳啊」的想法就避開本書，若您願意解囊一探其中虛實便是我的榮幸。哎，先不管沒發現劇情結構如此的人應該也不會讀這篇後記吧。

集數之所以會定得像這樣，無論出版社或各位讀者都要懷疑：「其實這是不是對任何人來說都沒好處？」全是因為這次的故事焦點在於「女主角們在倫也不在的地方，憑她們的意志深思苦慮，然後決定向前邁進」，讓人不禁想吐槽故事裡是不是不需要男主角……呃，我是指故事結構難以成立在男主角的第一人稱觀點，導致作者產生了「既然敘述者不同就不能歸為正篇集數嘛」這樣的無謂堅持，給各位添了莫大的困擾，實在萬分抱歉。

哎，反正小說這種東西總歸就是作者自瀆的產（文章斷在此處）。

那麼藉口就說到這裡，接下來則要為其他事情辯解，是關於動畫的續作。

如先前情報指出的，這次我也有幸為劇情構成以及腳本製作提供棉薄之力，讓大家冒出諸如「所以東西什麼時候能出來？」、「在電視上播？出ＯＶＡ？劇場版（呃，那不可能）？還是中途喊卡？」、「為什麼堅持不肯稱為第二季而是續作，當中有什麼樣的政治力在運作啦？」這樣的憂慮，我本身也非常過意不去。

以時期來說，感覺等這本書上市時應該就會宣布許多消息了，不過我並沒有確認詳細的公關行程，因此請容我對貿然的發言加以節制。

只提一點，在動畫續作問世前這段期間，ANIPLEX為了維繫熱度肯定會拚死命地努力推出大量周邊精（文章又斷在此處）。

那麼來到最後，趕緊用謝詞將場面帶過去。

深崎老師，按照要求在封面上讓真……隔壁攤位的助手亮相以後，之後的集數就請你自由發揮了。還有，為加藤等身大模型擔任魔鬼監修，辛苦你了。哎，從低角度……從任何角度來欣賞其造型真的都很完美，看了只能讚嘆而已。

萩原編輯，恭喜你喜獲明珠。在創設角川小說投稿網站這種忙不過來的時期，連私生活方面都能一併充實的積極態度叫人敬畏，希望你多加留意，別在工作及生活的均衡上陷入兩難。

所以嘍，下次在實質上是第十一集……的第十集再聚吧。

二〇一六年　初春　丸戸史明（恭賀改編真人版（請不要在T〇A之類的網站搜尋））

不起眼女主角培育法

Kadokawa Light Novels

©LEEDEER 2016　Illustration：KAWORU

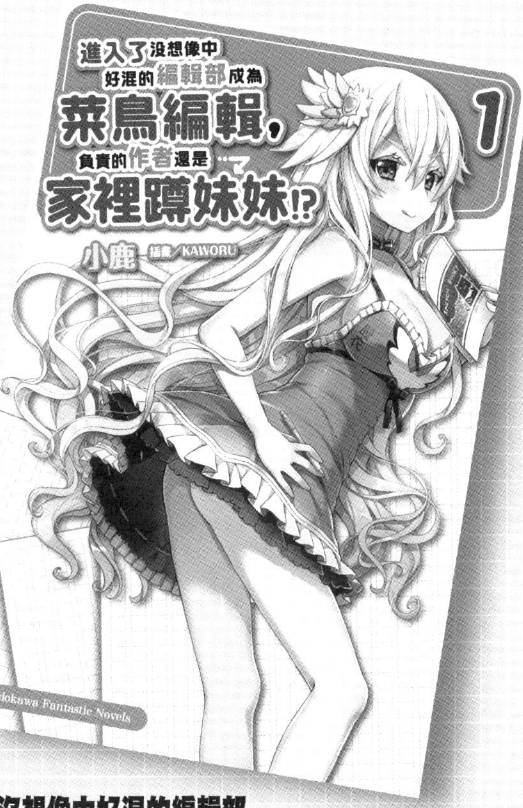

進入了沒想像中好混的編輯部
成為菜鳥編輯，負責的作者還是家裡蹲妹妹!? 1 待續

Kadokawa Fantastic Novels

作者：小鹿　插畫：KAWORU

踩上業界最為禁忌的底線，
夾雜歡笑與淚水的出版人生戀愛喜劇，登場！

曾是職業軍人的千繡，進入了業界知名的角三出版社就職，成為初出茅廬的菜鳥編輯，卻沒想到分配到的作者居然是自己的妹妹，千鳶!?儘管他費盡心思，只為了協助千鳶寫出新作品，業界殘酷無比的真相與現實，卻在此時一一現形……

台灣角川

NT$250/HK$75

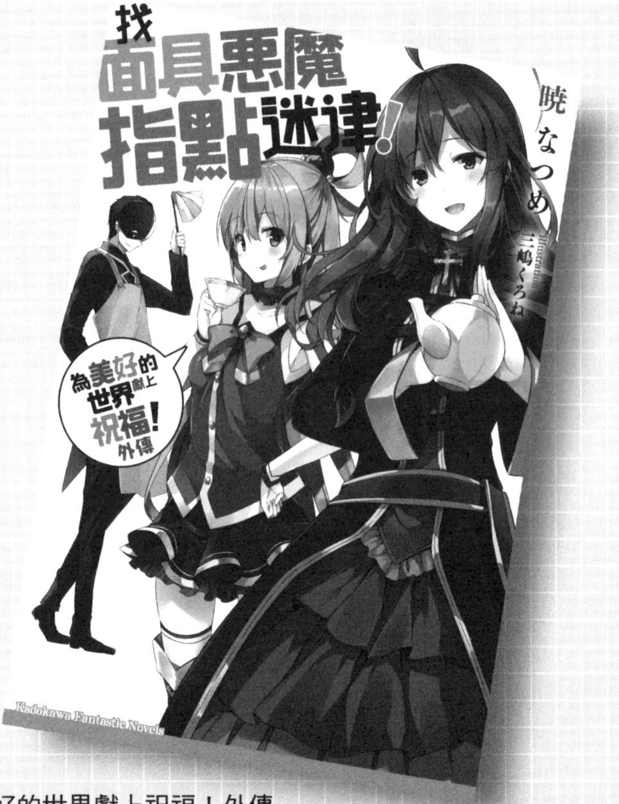

為美好的世界獻上祝福！外傳

找面具惡魔指點迷津！

Kadokawa Fantastic Novels

作者：暁なつめ　插畫：三嶋くろね

「歡迎來到諮詢處，迷惘的女孩啊！
不用客氣，無論任何煩惱都可以對吾吐露。」

低調座落於阿克塞爾的「維茲魔道具店」受到沒用老闆維茲拖累，一直處於經營困難的狀態。於是，本為魔王軍幹部又是地獄公爵，現在則是個打工人員的巴尼爾，打算以「預見未來」為冒險者提供諮詢服務好賺取報酬——巴尼爾與維茲的邂逅也終於揭曉！

NT$230/HK$70

Kadokawa Light Novels

台灣角川

台灣角川

Kadokawa Light Novels

～μ's的聖誕節～

LoveLive! School idol diary

著：公野櫻子　插畫：室田雄平 音乃夏 清瀨赤目

讓這座城市——充滿我們的歌聲。
實現吧，我們的夢想——

由μ's成員們輪流撰寫的《School idol diary》全新系列作。進入十二月，期末考結束後就是聖誕假期的開始。絢瀨繪里與東條希漫步在聖誕燈飾點綴得五彩繽紛的街道上……本書共收錄了四篇能夠溫暖心靈的冬季故事。《School idol diary》系列第三彈登場!!

各 **NT$180/HK$55**

國家圖書館出版品預行編目資料

不起眼女主角培育法Girls Side / 丸戸史明作；鄭人彥譯. -- 初版. -- 臺北市：臺灣角川, 2017.01-
冊；　公分

譯自：冴えない彼女の育てかたGirls Side
ISBN 978-986-473-482-5(第2冊：平裝)

861.57　　105022790

Kadokawa
Fantastic
Novels

不起眼女主角培育法 Girls Side 2

（原著名：冴えない彼女の育てかた Girls Side 2）

2017年2月2日　初版第1刷發行
2024年7月3日　初版第11刷發行

作　　者：丸戶史明
插　　畫：深崎暮人
譯　　者：鄭人彥

發 行 人：台灣角川股份有限公司
總　　監：呂慧君
總 編 輯：蔡佩芬、朱哲成
主　　編：林秀儒
設計指導：陳晞叡
美術設計：吳佳昫
印　　務：李明修（主任）、張加恩（主任）、張凱棋、潘尚琪

發 行 所：台灣角川股份有限公司
地　　址：104台北市中山區松江路223號3樓
電　　話：（02）2515-3000
傳　　真：（02）2515-0033
網　　址：www.kadokawa.com.tw
劃撥帳戶：台灣角川股份有限公司
劃撥帳號：19487412
法律顧問：有澤法律事務所
製　　版：巨茂科技印刷有限公司
ＩＳＢＮ：978-986-473-482-5